AF765025

झूठ और बेईमानी दोनों सिस्टर-कंसर्न हैं। इनका आपस में वैसा ही संबंध है जैसा मियां जिया का पाक से, मुँह का नाक से, मिस्टर पोस्टमैन का डाक से। झूठ का बाजार देखकर, काका भी जमाने की नब्ज पहचान गए और गा उठे–'जय बोलो बईमान की' बस, हो गया एक और संकलन तैयार, जिसमें ऐसी कितनी ही कविताओं की है भरमार, स्थितियाँ एक से एक बेहतर–तेज नश्तर, तीखे प्रहार .... कहीं-कहीं रस-रंग की फुहार। पाठक-श्रोता हों बलिहार!...

काका हाथरसी

जय बोलो बेईमान की

डायमंड बुक्स

© प्रकाशकाधीन

प्रकाशक : डायमंड पॉकेट बुक्स (प्रा.) लि.
X-30 ओखला इंडस्ट्रियल एरिया, फेज-II
नई दिल्ली-110020
फोन : 011-40712200
ई-मेल : wecare@diamondbooks.in
वेबसाइट : www.diamondbooks.in
संस्करण : 2026

Jai Bolo Baiman Ki
By : Kaka Hathrasi

बेईमान का गुणगान

फिल्म 'बेईमान' को जब वर्ष का प्रथम पुरस्कार मिल गया तो ईमान का भी ईमान हिल गया ... हमारा हृदय खुशी से खिल गया, क्योंकि कविता के लिए मैटर मिल गया!

इसी फिल्म के एक गीत का मुखड़ा पकड़कर लिख डाली एक कविता–'जय बोलो बेईमान की'। जो सज्जन या दुर्जन इस कविता को सस्वर गाएँगे, उनके सब दुःख-दारिद्रय दूर हो जाएँगे। गायन से भगवान बड़ी जल्दी प्रसन्न हो जाते हैं।

इधर कुछ दिनों से 'पाकेट बुक्स' वालों की ओर से तकाजे आ रहे थे–'काका! नई पुस्तक कब दोगे, बहुत दिन हो गए हैं?' उनकी प्रेरणा से हमारी कल्पना जाग्रत हुई, अतः इस वर्ष जून-जुलाई के दो महीने नैनीताल की तरावट में बिताए और यह पुस्तक तैयार कर लाए।

पुस्तक का नाम देखकर पाठक यह न समझें कि इसमें केवल बेईमान की ही जय बोली गई है। कविताएँ और भी बहुत-सी हैं, किंतु पूरी पुस्तक में इस कविता का वैसा ही महत्त्व है, जैसा राज्य मंत्रिमंडल में मुख्यमंत्री का। शेष कविताएँ तो ऐसे ही समझिए, जैसे मंत्रीजी के साथ चमचे या धोतियों के साथ गमछे!

इस पुस्तक के लिए तीन-चार नाम ध्यान में आए थे, किंतु प्रकाशक जी को 'जय बोलो बेईमान की' बहुत पसंद आया। हमने उनको शीश नवाया, जय हो महाराज! आप सब कुछ जानते हैं, समय की गति को पहचानते हैं।

वास्तव में देखा जाए तो झूठ और बेईमानी, ये दोनों सिस्टर कंसर्न हैं। इनका आपस में वैसा ही संबंध है, जैसा मियाँ और जिया का पाक से, मुँह का नाम से और पोस्टमैन का डाक से। एक के बिना दूसरे

का अस्तित्व ही खतरे में पड़ जाता है।

श्रीमती काकी की राय थी कि 'जय बोलो बेईमान की', इसमें से 'बे' हटा दिया जाए। हमने कहा, 'कैसे बेतुकी बातें करती हो, 'बे' हटाने से तो बेड़ा गर्क हो जाएगा! अगर पुलिस वाले अपनी बेरहमी में से 'बे' हटा दें तो बेचारे बेरोज़गार हो जाएँ। बेशरमी का 'बे' हटाकर क्या आज कोई नेता जीवित रह सकता है? मिस बेनजीर में यदि 'बे' नहीं होता तो शिमला में ऐसे हल्ले होते उनके? सैकड़ों 'नजीर' घूमते हैं, कौन पूछता है बेचारों को!

'कहाँ तक कहें जी! बेशुमार बातें ऐसी हैं, जिनमें 'बे' का बेहिसाब, बेमिसाल महत्त्व है। बेगम का 'बे' हटाया तो 'गम' रह गया। इसलिए बेकार की बातें छोड़ो, 'बे' से नाता जोड़ो। हम इसमें से 'बे' हटाने की बेवकूफी नहीं करेंगे। अच्छा, तुम्हीं बताओ, बेटा-बेटी के 'बे' हट जाएँ तो रह जाएँगे न सिर्फ 'अ-टी', बोलो न काकी?'

हमारे इस बेहद प्रभावशाली भाषण से उनका संशोधन गिर गया, मौन समर्थन मिल गया।

अब तक हमारी चौबीस पुस्तकें प्रकाशित हो चुकी हैं, यह पच्चीसवीं है। कुल तीस पुस्तकें पूर्ण करके हम भगवान के यहाँ जाएँगे। बैकुंठ में 1 अप्रैल 1984 को एक विराट् कवि-सम्मेलन होने वाला है। उसमें काका हाथरसी के अतिरिक्त कुछ और कवि भी जाएँगे, अभी उनके नाम नहीं बताएँगे।

विचार तो यही है, लेकिन कुछ पता नहीं चलता डियर, जाने कब हो जाए लाइन क्लियर! तेरे मन कछु और है, विधना के कछु और!' फिर भी इस मसले पर कर रहे हैं गौर, शुरू कर दी है एक पुस्तक और। उसका नाम अपने पाठकों की राय से रखेंगे। जिसका सुझाव सर्वश्रेष्ठ होगा, उसे हाथरस बुलाएँगे, हाथ मिलाएँगे और जलेबियाँ खिलाएँगे असली घी की दूकान की, जय बोलो बेईमान की!

अनुक्रम

जय बोलो बेईमान की

मन, मैला, तन ऊजरा, भाषण लच्छेदार,
ऊपर सत्याचार है, भीतर भ्रष्टाचार।
झूठों के घर पंडित बाँचें, कथा सत्य भगवान की,
जय बोलो बईमान की!

प्रजातंत्र के पेड़ पर, कौआ करें किलोल,
टेप-रिकार्डर में भरे, चमगादड़ के बोल।
नित्य नई योजना बन रहीं, जन-जन के कल्याण की,
जय बोलो बईमान की!

महँगाई ने कर दिए, राशन-कारड फेल,
पंख लगाकर उड़ गए, चीनी-मिट्टी तेल।

'क्यू' में धक्का मार किवाड़ें बंद हुई दूकान की,
जय बोलो बईमान की!

डाक-तार संचार का 'प्रगति' कर रहा काम,
कछुआ की गति चल रहे, लैटर-टेलीग्राम।
धीरे काम करो, तब होगी उन्नति हिंदुस्तान की,
जय बोलो बईमान की!

दिन-दिन बढ़ता जा रहा काले धन का जोर,
डार-डार सरकार है, पात-पात करचोर।
नहीं सफल होने दें कोई युक्ति चचा ईमान की,
जय बोलो बईमान की!

चैक केश कर बैंक से, लाया ठेकेदार,
आज बनाया पुल नया, कल पड़ गई दरार।
बाँकी झाँकी कर लो काकी, फाइव ईयर प्लान की,
जय बोलो बईमान की!

वेतन लेने को खड़े प्रोफेसर जगदीश,
छहसौ पर दस्तखत किए, मिले चार सौ बीस।
मन ही मन कर रहे कल्पना शेष रकम के दान की,
जय बोलो बईमान की!

खड़े ट्रेन में चल रहे, कक्का धक्का खायँ,
दस रुपए की भेंट में, थ्री टायर मिल जायँ।
हर स्टेशन पर हो पूजा श्री टी॰टी॰भगवान की,
जय बोलो बईमान की!

बेकारी औ' भुखमरी, महँगाई घनघोर,
घिसे-पिटे ये शब्द हैं, बंद कीजिए शोर।

अभी जरूरत है जनता के त्याग और बलिदान की,
जय बोलो बईमान की!

मिल-मालिक से मिल गए नेता नमकहलाल,
मंत्र पढ़ दिया कान में, खत्म हुई हड़ताल।
पत्र-पुष्प से पाकिट भर दी, श्रमिकों के शैतान की,
जय बोलो बईमान की!

न्याय और अन्याय का, नोट करो डिफरेंस,
जिसकी लाठी बलवती, हाँक ले गया भैंस।
निर्बल धक्के खाएँ, तूती बोल रही बलवान की,
जय बोलो बईमान की!

पर-उपकारी भावना, पेशकार से सीख,
दस रुपए के नोट में बदल गई तारीख।
खाल खिंच रही न्यायालय में, सत्य-धर्म-ईमान की,
जय बोलो बईमान की!

नेता जी की कार से, कुचल गया मजदूर,
बीच सड़कर पर मर गया, हुई गरीबी दूर।
गाड़ी को ले गए भगाकर, जय हो कृपानिधान की,
जय बोलो बईमान की!

आरती श्री उल्लूजी की

जय उल्लू पापा! ओ३म् जय उल्लू पापा।
सब पक्षिन में श्रेष्ठ, अर्थ के फीते से नापा। ओ३म्...।

श्याम-सलोने मुख पर शोभित अँखियाँ द्वय ऐसे।
चिपक रहीं प्राचीन चवन्नी चाँदी की जैसे। ओ३म्...।

लक्ष्मी-वाहक, दरिद्र-नाशक, महिमा जगजानी।
सरस्वती का हंस आपका भरता है पानी। ओ३म्...।

अर्थवाद ने बुद्धिवाद के दाँत किए खट्टे।
विद्वज्जन हैं दुखी, सुखी हैं सब 'तुम्हरे पट्ठे'। ओ३म्...।

जब 'पक्षी-सरकार' बने तुम डबल सीट पाओ।
प्रधानमंत्री और वित्तमंत्री खुद बन जाओ। ओ३म्...।

सभी लखपती बनें, न हो कोई भूखा-नंगा।
बहे देश के गाँव-गाँव में, नोटों की गंगा। ओ३म्...।

पूँजीवादी पक्षी तुम सम और नहीं दूजा।
वित्तमंत्री, नित्य आपकी करते हैं पूजा। ओ३म्...।

उल्लू जी की आरति यदि राजा-रानी गाते।
'काका' उनके प्रिवीपर्स छिनने से बच जाते। ओ३म्...।

मूर्खिस्तान ज़िंदाबाद

स्वतंत्र भारत के बेटे और बेटियो!
माताओ और पिताओ,
आओ, कुछ चमत्कार दिखाओ।
नहीं दिखा सकते?
तो हमारी हाँ में हाँ ही मिलाओ।

हिंदुस्तान, पाकिस्तान, अफगानिस्तान
मिटा देंगे सबका नामो-निशान
बना रहे हैं—नया राष्ट्र 'मूर्खितान'
आज के बुद्धिवादी राष्ट्रीय मगरमच्छों से
पीड़ित है प्रजातंत्र, भयभीत है गणतंत्र
इनसे सत्ता छीनने के लिए
कामयाब होंगे मूर्खमंत्र-मूर्खयंत्र
कायम करेंगे मूर्खतंत्र।

हमारे मूर्खिस्तान के राष्ट्रपति होंगे—
तानाशाह ढपोलशंख
उनके मंत्री (यानी चमचे) होंगे—
खट्टासिंह, लट्ठासिंह, खाऊलाल, झपट्टासिंह
रक्षामंत्री—मेजर जनरल मच्छरसिंह

राष्ट्रभाषा हिंदी ही रहेगी,
लेकिन बोलेंगे अँगरेजी।
अक्षरों की टाँगें ऊपर होंगी, सिर होगा नीचे,
तमाम भाषाएँ दौड़ेंगी, हमारे पीछे-पीछे।

सिख-संप्रदाय में प्रसिद्ध हैं पाँच 'ककार'-
कड़ा, कृपाण, केश, कंघा, कच्छा।
हमारे होंगे पाँच 'चकार'-
चाकू, चप्पल, चाबुक, चिमटा और चिलम।

इनको देखते ही भाग जाएँगी सब व्याधियाँ
मूर्खतंत्र-दिवस पर दिल खोलकर लुटाएँगे उपाधियाँ :
मूर्खरत्न, मूर्खभूषण, मूर्खश्री और मूर्खानंद।

प्रत्येक राष्ट्र का झंडा है एक, हमारे होंगे दो,
कीजिए नोट-लँगोट एंड पेटीकोट
जो सैनिक हथियार डालकर
जीवित आ जाएगा
उसे 'परमूर्ख-चक्र' प्रदान किया जाएगा।
सर्वाधिक बच्चे पैदा करेगा जो जवान
उसे उपाधि दी जाएगी 'संतान-श्वान'
और सुनिए श्रीमान्-
मूर्खिस्तान का राष्ट्रीय पशु होगा गधा,
राष्ट्रीय पक्षी उल्लू या कौआ,
राष्ट्रीय खेल कबड्डी और कनकौआ।
राष्ट्रीय गान मूर्ख-चालीसा,
राजधानी के लिए शिकारपुर, वंडरफुल!
राष्ट्रीय दिवस, होली की आग लगी पड़वा।

प्रशासन में बेईमानी को प्रोत्साहन दिया जाएगा,
ईमानदार सुस्त होते हैं, बेईमान चुस्त होते हैं।
वेतन किसी को नहीं मिलेगा,

रिश्वत लीजिए,
सेवा कीजिए!

'कीलर कांड' ने रौशन किया था
इंगलैंड का नाम,
करने को ऐसे ही शुभ काम—
खूबसूरत अफसर और अफसराओं को छाँटा जाएगा
अश्लील साहित्य मुफ्त बाँटा जाएगा।

पढ़-लिखकर लड़के सीखते हैं छल-छंद,
डालते हैं डाका,
इसलिए तमाम स्कूल-कालेज
बंद कर दिए जाएँगे 'काका'।
उन बिल्डिगों में दी जाएगी 'हिप्पीवाद' की तालीम
उत्पादन कर से मुक्त होंगे,
भंग-चरस-शराब-गांजा-अफीम
जिस कवि की कविताएँ कोई नहीं समझ सकेगा,
उसे पाँच लाख का 'अज्ञानपीठ-पुरस्कार मिलेगा।
न कोई किसी का दुश्मन होगा न मित्र,
नोटों पर चमकेगा उल्लू का चित्र!

नष्ट कर देंगे—
धड़ेबंदी, गुटबंदी, ईर्ष्यावाद, निंदावाद।
मूर्खिस्तान ज़िंदाबाद!

सिगरेट समीक्षा

मिस्टर भैंसानंद का फूल रहा था पेट,
पीते थे दिन-रात में, दस पैकिट सिगरेट।
दस पैकिट सिगरेट, डाक्टर गोयल आए,
दिया लैक्चर तंबाकू के दोष बताए।
'कैंसर हो जाता ज्यादा सिगरेट पीने से,
फिर तो मरना ही अच्छा लगता, जीने से।'

बोले भैंसानंद जी, लेकर एक डकार,
आप व्यर्थ ही हो रहे, परेशान सरकार।
परेशान सरकार, तर्क है रीता-थोता,
सिगरेटों में तंबाकू दस प्रतिशत होता।
बाकी नव्वै प्रतिशत लीद भरी जाती है,
इसीलिए तो जल्दी मौत नहीं आती है।

हथियार रहस्य

अमरीका ने हिंद को, नहीं दिए हथियार,
ऐसी झूठी बात क्यों, कहते हो बेकार?
कहते हो बेकार, दृश्य देखा जन-जन ने,
मियाँ नियाजी की मार्फत भेजे निक्सन ने।
नीची नज़र किए सब सैनिक खड़े अभागे,
ढेर लगा था जनरल मानिकशा के आगे।

कान महान्

1

आँख-नाक-पुतली-पलक, हाथ-पाँव-मुख-दंत,
नख-शिख-वर्णन से भरे, रीतिकाव्य के ग्रंथ।
रीतिकाव्य के ग्रंथ, सभी हमने पढ़ डाले,
इतने पलटे पृष्ठ, पड़े अँगुली पर छाले।
बिना खून के नाखूनों की मिली बड़ाई,
किंतु किसी में कान-प्रशंसा कहीं न पाई।

2

नंददास, कवि जायसी, घनानंद, मतिराम,
देव-बिहारी ने नहीं, लिया कान का नाम।
नहीं कान का नाम, पढ़े रसखान व केशव,
कालिदास-कृत 'शाकुंतलम्' व 'कुमारसंभव'।
रत्नाकर कवि तुलसी-सूर-चंदबरदाई,
विद्यापति, पद्माकर को भी याद न आई।

3

काव्य पुरातन छोड़कर, परख आधुनिककाल,
पंत-निराला भी चले, वही पुरानी चाल।
वही पुरानी चाल, कान के कुछ गुण गाती,
धर्मवीर की 'कनुप्रिया' सार्थक हो जाती।
अगर 'उर्वशी' में दिनकर कर्णस्तुति गाते,
एक लाख से दुगुना पुरस्कार पा जाते।

4

भारतेंदु-हरिऔध ने, दिया न इस पर ध्यान,
कैसी लगती नायिका, अगर न होते कान।
अगर न होते कान, बालियाँ नहीं सुहातीं,
कहो, कहाँ पर कर्णफूल-कुंडल लटकातीं।
कैसे गातीं गीत, मार नूपुर के ठुमका,
गिरता नहीं 'बरेली के बाजार में झुमका'।

5

ऐंडे-भेंडे-बेतुके, पा जाते सम्मान,
ऐनक द्वारा बढ़ गई, मिस-मिस्टर की शान।
मिस-मिस्टर की शान, कूतिए कर्ण-करिश्मा,
बिना कान आँखों पर कैसे टिकता चश्मा?
मंत्री जी के कान विधायक कैसे भरते,
चमचा भैया कानाफूसी कैसे करते?

6

छोटे बच्चों में भरा कान-ज्ञान-विज्ञान,
गंदी बातें मत करो, पक जाएँगे कान।

पक जाएँगे कान, छात्रगण समझ न पाएँ,
गलती करे दिमाग, कान क्यों पकड़े जाएँ?
कानों से जीवों ने जीवन संज्ञा पाई,
हुए अवतरित कानखजूरा-कानसलाई।

7

मुखमंडल के संतरी, पहरेदार-प्रधान,
आँखों से आँखें लड़ीं, 'खड़े हो गए कान'।
खड़े हो गए कान, बनो कानों के सच्चे,
आदर्शों से लुढ़क जाएँ, कानों के कच्चे।
कान शब्द का दुरुपयोग करते मनमाना,
एक आँख वाले को क्यों कहते हो काना?

8

कर्णेंद्रिय से चल रहे, तार और बेतार,
बिना कान के फोन या हैडफोन बेकार।
हैडफोन बेकार, आपरेटर है लक्की,
कान न हों तो बैठे-बैठे मारें मक्खी।
पायलेट के कान मार्ग को आँक रहे हैं,
सुनकर वायरलेस, प्लेन को हाँक रहे हैं।

9

शब्द बने हैं कान से ही थकान-ढलकान,
हर मकान-दूकान में, घुसे हुए हैं कान।
घुसे हुए हैं कान, हास्य की विधा बताई,
कानों तक मुँह फैलाया, 'मुसकान' कहाई।

'ए० कानन' का गायन सुनकर बोले लाला,
एक जमाने में प्रसिद्ध थी काननबाला।

10

कान-कीर्ति को ढूँढ़ने, क्यों जाते हो दूर,
कान-कृपा से 'कानपुर' शहर हुआ मशहूर।
शहर हुआ मशहूर, ब्राह्मण हैं कनबजिया,
कान पकड़कर पैसे लेता कानमैलिया।
कामशास्त्र तज, कानशास्त्र पर रक्खो निष्ठा,
तानसेन को कानसेन से मिली प्रतिष्ठा।

11

कुंडल धारे कान में, हुए अवतरित कर्ण,
देते थे जो दान में, नित्य सवा मन स्वर्ण।
नित्य सवा मन स्वर्ण, मानते गायक श्रोता,
बिना श्रोत्र, स्वर-श्रुतियों का अस्तित्व न होता।
सभी इंद्रियों से कर्णेंद्रिय अधिक जरूरी,
श्रवण-कीर्तन बिन है 'नवधा भक्ति' अधूरी।

12

कान्ह-कृष्ण ने कान को जग में किया प्रसिद्ध,
कनपोटा धारण करें ब्रज के साधक-सिद्ध।
ब्रज के साधक-सिद्ध, मुकरियाँ कहाँ पहनते,
'कानाबाती कुर्र' कुंवर जी कैसे करते?
गीत 'कर्णछेदन' के काकी कैसे गाती,
'काका' कवि की यह कविता कैसे बन जाती?

हाउस फुल

स्वर्ग-नरक पर व्यर्थ क्यों करते तर्क-वितर्क,
लिखा भाग्य में नर्क तो क्या पड़ता है फर्क।
क्या पड़ता है फर्क, होंय क्यों काका व्याकुल,
बोर्ड नरक पर लगा, लिखा उस पर 'हाउस़फुल'।
होंय विवश यमराज स्वर्ग में भिजवा देंगे,
अथवा मर्त्यलोक को वापिस करवा देंगे।

प्रश्नवाचक चौके

इंजन है डिब्बे हैं, नाम रेलगाड़ी है,
बालों के झुरमुट को क्यों कहते 'दाढ़ी' है?
दिल्ली में जन्म लिया, रहते कलकत्ते में,
देखा नहीं मारवाड़, बाबू मारवाड़ी है?

शिकवा-शिकायत यह निजलिंगप्पा जी को,
जनरल मानिकशा ने पछाड़ा है नियाजी को।
भारतीय सेना ने पाक-युद्ध विजय किया,
किंतु श्रेय क्यों मिल रहा इंदिरा जी को?

युद्धबंदी

भारत की दरियादिली, कूत सके तो कूत,
शाही जीवन जी रहे, पाकिस्तानी भूत।
पाकिस्तानी भूत, जुल्म थे जिनके अक्षम,
खिला-पिलाकर, उनका वजन बढ़ाते हैं हम।
वह भी हैं, जिसका ख़ाते उस पर गुर्राते,
हम भी हैं, जो विषधर को भी दूध पिलाते।

सज़ा में मज़ा

पाक बंदियों का शिविर, करने गए रिसर्च,
प्रति कैदी पर छह रुपे होते हैं नित खर्च।
होते हैं नित खर्च, वहाँ पर अंडे बरसें,
भूखे भारतीय सूखे टुकड़ों को तरसें।
मनुआँ बोला–कर डालो कुछ 'धूम-धड़ाका',
घर से अच्छे रहो जेलखाने में काका।

कंजूस-कथा

1

ख्यातिप्राप्त कंजूस थे श्री पिस्सूमल सेठ,
पंडा आए गया से, हुई सेठ से भेंट।
हुई सेठ से भेंट, बही में नाम दिखाए,
पिंडदान करने के फलादेश समझाए।
लाला बोले–'हमें नहीं माफिक आता है,
दान-धर्म से दर्द पेट में हो जाता है।'

2

धर्म-कर्म में देवियाँ रखती हैं विश्वास,
इसीलिए पंडा गए सेठानी के पास।
सेठानी के पास, 'देवि! पति को समझाओ,
पितरों का ऋण चढ़ा हुआ है, उऋण कराओ!'
आश्वासन, पालागन द्वारा पेट भर दिया,
चाय पिलाकर पंडा जी को विदा कर दिया।

3

लाला आते रात्रि को, करके बंद दुकान,
'पिंडदान कब करोगे,' लाली खाती कान।
लाली खाती कान, सहन कब तक कर पाते,
रस्सी के घिस्सों से लोहे भी कट जाते।
कहँ काका, झुक गए अंत में तिरिया-हठ पर,
रेल-किराया दाब चल दिए यात्रा-पथ पर।

4

पंडा जी करवाएँगे खर्च अनाप-शनाप,
पिंडदान चुपचाप हम कर लें अपने-आप।
करलें अपने-आप, दक्षिणा-खर्च बचेगा,
वेष बदलकर जाएँ, न कोई पहचानेगा।
बैठ मुसाफिरखाने में यह काम कर लिया,
चने और सत्तू खा करके पेट भर लिया।

5

स्टेशन से शहर में करने लगे प्रवेश,
चेहरे पर थी दीनता, फटेहाल था वेष।
फटेहाल था वेष, जा रहे लपके-लपके,
डंडा लिए सामने पंडा जी आ टपके।
'वाह सेठ! यह रूप बनाया कैसा तुमने?
मुश्किल से जिजमान तुम्हें पहचाना हमने।'

6

'बोल रहे हैं मंत्र हम, आप करो अस्नान,
पिंड तभी स्वीकार हों, करो स्वर्ण का दान।'
'करो स्वर्ण का दान, गुरू मत देखो सपने,
सोना क्या, लोहा भी पास नहीं है अपने।'
पंडा जी ने कहा, 'सेठ, क्यों घबराते तुम,
कर दीजे संकल्प, बाद में ले लेंगे हम।'

7

पिस्सूमल कहने लगे, 'छोड़ो सभी विकल्प,
सवा रुपे के स्वर्ण का छुड़वा दो संकल्प।'
छुड़वा दो संकल्प, गुरू ने आँख तरेरी,
'तीर्थ घाट पर क्यों हेटी करते हो मेरी!'
पंडा का रुख देख, बढ़ा कुछ और हौसला,
बढ़ते-बढ़ते पाँच रुपे में हुआ फैसला।

8

लाला घर को चल दिए, किया तीर्थ को पार,
पंडा जी के हो गए रुपए पाँच उधार।

रुपए पाँच उधार, महीना तीन बिताए,
अपना धन वसूल करने को पंडा आए।
लाला बोले लड़के से, 'सुन, बेटा घिस्सू!
कह दीजो, बीमार पड़े हैं पापा पिस्सू!'

9

पंडा जी कहने लगे, 'छोड़ूँ सारे काज,
मैं अपने जिजमान का खुद ही करूँ इलाज।
खुद ही करूँ इलाज, भाग जाए बीमारी,
जड़ी-बूटियों के अनुभव में उम्र गुजारी।'
घोट-पीस के एक दवा पहुँचाई अंदर,
बोले सेठ, 'हमें जल्दी ले लो धरती पर।'

10

'कहदो, लाला मर गए, रोओ! छोड़ लिहाज,
लेना-देना भूलकर भाग जायँ महराज।
भाग जायँ महराज, 'वचन क्यों बोलो ऐसे?'
पत्नी बोली, 'जीते-जी मैं रोऊँ कैसे?'
कहें सेठ ललकार, 'नहीं मानेगी कब तक,
डंडा एक लगे, रोएगी घंटे-भर तक।'

11

झूठ-मूठ रोने लगी, समझ पिया की नीत,
'हाय-हाय' को सुन हुए पंडा जी भयभीत।
पंडा जी भयभीत, पड़ा मूजी से पाला,
कहा कान में, 'मेरे रुपये दे दो लाला!

आज न दोगे, जन्म दुबारा लेना होगा,
दान किया धन नहीं पचेगा, देना होगा!'

12

पिस्सूमल कहने लगे, 'भाग जाउ चुपचाप,
करूँ शिकायत पुलिस में, फँस जाओगे आप।
फँस जाओगे आप, आ रही हैं उबकाई,
जाने क्या तुमने जहरीली दवा पिलाई!'
कह पंडा घबराय, 'दया ब्राह्मण पर कीजे,
वह भी छोड़ें, लो यह पाँच और ले लीजे!'

प्रसिद्धि-प्रसंग

1

काशीपुर क्लब में मिले, कवि-कोविद अमचूर,
चर्चा चली कि कहाँ की कौन चीज मशहूर?
कौन चीज मशहूर, प्रश्न यह अच्छा छेड़ा,
नोट कीजिए, हैं प्रसिद्ध मथुरा के पेड़ा।
आत्मा-परमात्मा प्रसन्न हो जाएँ 'काका',
लड्डू संडीला के हों, खुरचन खुरजा का।

2

अपना-अपना टेस्ट है, अपना-अपना ढंग,
रंग दिखाती अंग पर, हरिद्वार की भंग।
हरिद्वार की भंग, डिजाइन नए-निराले,
जाते देश-विदेश अलीगढ़ वाले ताले।

मालपुआ स्वादिष्ट बरेली वाले गुड़ के,
दालमोठ आगरा और पापड़ हापुड़ के।

3

कवि-सम्मेलन में गए, कलकत्ता चतुरेश;
ढाई किलो चढ़ा गए, रसगुल्ला-संदेश।
रसगुल्ला-संदेश, तोंद पर फेरा हत्था,
ली डकार तो काँप गया सारा कलकत्ता।
केसर कश्मीरी, अमरूद इलाहाबादी,
साड़ी बनारसी व लिहाफ फर्रुखाबादी।

4

केला बंबइया मधुर, सेब सुघर रतलाम,
खरबूजे लखनऊ के और सफेदा आम।
और सफेदा आम, पियो रस भर-भर प्याले,
मँगवाकर संतरे प्रसिद्ध नागपुर वाले।
कह 'काका' कवि, रोक सके किसका बलबूता?
अमरीका तक चला कानपुर वाला जूता।

5

चंदन-संदल के लिए याद रखो मैसूर,
शहर मुरादाबाद के बर्तन हैं मशहूर।
बर्तन हैं मशहूर, लगे कटनी का चूना,
जयपुर की चुनरी सौंदर्य बढ़ाए दूना।
पढ़ी-अनपढ़ी क्वारी-ब्याही-युवती-बूढ़ी,
देख-देख ललचाएँ फिरोजाबादी चूड़ी।

6

भुजिया बीकानेर की, देती स्वाद विचित्र,
काकी को कन्नौज का, 'काका' लाए इत्र।
'काका' लाए इत्र, देहरादूनी चावल,
टेलर साहब मेरठ की कैंची के कायल।
छुरा रामपुर और हाथरस वाले चाकू,
धन्य हमारा देश, जहाँ के वीर लड़ाकू।

सहानुभूति अनुभूति

मृत पत्नी के शोक में बैठे थे रजनीश,
फूट-फूट कर रो रहे, उनके मित्र 'हरीश'।
उनके मित्र हरीश, व्यर्थ व्याकुल होते हो,
मैं तो रोया नहीं, दोस्त तुम क्यों रोते हो?
कहने लगे हरीश, बताऊँ कैसे दादा,
मुझे प्यार करती थी, वह तुमसे भी ज्यादा।

कुत्ता-भक्त

बाराबंकी से हमें जाना था उन्नाव,
उसी ट्रेन में मिल गए शर्मा-वर्मा साब।
शर्मा-वर्मा साब, खानदानी थे अच्छे,
सूरत-सीरत से लगते रईस के बच्चे।
कुत्तों की किस्मों पर बहस छिड़ी यात्रा में,
दोनों ने पी रक्खी थी अच्छा मात्रा में।

करते 'अलसेशियन' का, शर्मा जी गुणगान,
वर्मा जी बतला रहे, 'पाइनियर' की शान।
'पाइनियर' की शान, सुरा ने रंग दिखाया,
मार-धाड़, गाली-गलौज का नंबर आया।

शर्मा जी का हाथ काट खाया वर्मा ने,
वर्मा जी का कान कुतर डाला शर्मा ने।

बुरी तरह घायल हुए, दोनों कुत्ता-भक्त,
भीड़ इकट्ठी हो गई, टपक रहा था रक्त।
टपक रहा था रक्त, गार्ड औ' टी॰टी॰ आए,
इस्टेशन से दोनों अस्पताल पहुँचाए।
कहँ 'काका' कवि, चला डाक्टर का प्रिस्क्रिप्शन,
लगवा दो इनको चौदह-चौदह इंजेक्शन।

टटोलो-1

बना रहे हैं चाँद पर चढ़ने का प्रोग्राम,
जो इच्छुक हों, शीघ्र ही दर्ज कराएँ नाम।
दर्ज कराए नाम, मिले कब अवसर ऐसा,
मर जाए तो यश, जीवित आएँ तो पैसा।
कंकड़-पत्थर लाए अब तक सभी अपोलो,
कर दे धन का ढेर हमारा यान 'टटोलो'।

व्यापारी इस तथ्य पर, क्यों न दे रहे ध्यान?
पड़ा करोड़ों का वहाँ, लावारिस सामान,
लावारिस सामान, कैमरे-टेलीविजन,
रूसी लूनाखोद, चंद्रबग्घी अमरीकन।
'काका' इन सबको बटोरकर ले आएँगे,
दाम खड़े करके करोड़पति हो जाएँगे।

एक प्रश्न

कभी-कभी मस्तिष्क में, उठते प्रश्न विचित्र,
पानदान में पान हैं, इत्रदान में इत्र।
इत्रदान में इत्र, सुनें भाषाविज्ञानी,
चूहों के पिंजड़े को कहते चूहेदानी।
कहँ 'काका', इंसान रात-भर सोते रहते,
उस परदे को 'मच्छरदानी' क्योंकर कहते?

स्वतंत्रता के चित्र

छुट्टी है पंद्रह अगस्त की,
आज़ादी का जशन मनाएँ।
आओ मित्रो, आज तुम्हें कुछ
स्वतंत्रता के चित्र दिखाएँ!

टिकिट-विकिट की छोड़ो किटकिट,
घुसें ट्रेन में भीड़ चीरकर।
जहाँ उतरने की इच्छा हो,
रोकें गाड़ी चेन खींचकर।

टी॰टी॰ अथवा गार्ड बिचारे,
भय के मारे पास न आएँ!
स्वतंत्रता के चित्र दिखाएँ!

दादा-टाइप छात्र-मित्र मिल,
लगा रहे कॉलिज में नारा।
इम्तिहान में नकल करेंगे,
जन्मसिद्ध अधिकार हमारा।

इसमें जो आड़े आएगा,
उसे छुरा-दर्शन करवाएँ!
स्वतंत्रता के चित्र दिखाएँ!

प्रतिबंधों से परेशान हो,
कहने लगा पेट का रोगी,
खाऊँगा भरपेट पकौड़े,
देखी जागी, जो भी होगी।

एक न मानूँगा डॉक्टर की,
यह मत खाएँ, वह मत खाएँ!
स्वतंत्रता के चित्र दिखाएँ!

कामगार बोले लाला से-
'हमको भी आजादी चहिए,
काम करें या नहीं करें हम
वेतन पूरा देते रहिए।

राजी से मानो तो मानो,
वरना फिर घेराव कराएँ!
स्वतंत्रता के चित्र दिखाएँ!

फिल्मी फुलझड़ी

मेकप करके कार में, चली फिल्मस्टार,
हाथ दे रही इधर को, उधर चलाती कार।
उधर चलाती कार, सिपाही बोला–'मैडम,
कर दूँगा चालान, गलत क्यों चलती हो तुम?'
'दिशा ज्ञान को हाथ नहीं मैं दिखा रही हूँ,
ज़रा 'नेल-पालिश' गीली है, सुखा रही हूँ।'

फ़िल्मी विज्ञापन

खाली है रोमांस को, फेमस फिल्मस्टार,
तीन लाख का फ्लैट हो, एक लाख की का़र।
एक लाख की कार, होंय इतने ही गहने,
दो अल्स्येशन कुत्ते हों तो फिर क्या कहने।
गर्व-गुमान नाज-नखरा सब सहना होगा,
प्रेमी-कम-सेवक बन करके रहना होगा।

खिली कली, षोड़सि लली, झाँकत अंग-अनंग,
हिरनी जैसे नेत्र हैं, खिरनी जैसा रंग।
खिरनी जैसा रंग, स्वर्ग से उतरी माया,
नाइलोन-से बाल, फोम-सी कोमल काया।
चार पैग का नशा, एक उसकी अँगड़ाई,
उड़ जाएगी बुलबुल, शीघ्र करो एप्लाई।

'लाल तिकोन' से!

बोला 'लाल तिकोन' से, संघी नेता एक,
क्यों बच्चों के जन्म पर, लगा रहे हो ब्रेक?
लगा रहे हो ब्रेक, अधर में लटक रही हैं,
बिना जन्म के लाखों आत्मा भटक रही हैं।
कृपा करो भगवान् लगा दो इन्हें किनारे,
जनसंख्या के साथ, बढ़ेंगे वोट हमारे।

शिमला-समझौता

समझौता कैसा रहा, समझो इसका राज़,
कांग्रेसी खुश हो रहे, जनसंघी नाराज़।
जनसंघी नाराज, हुई जब हाथापाई,
भ्रांति शांत करने की हमने युक्ति बताई।
कर लो शिखर-वार्ता इस पर काटो झिकझिक,
समझौते का समझौता, पिकनिक की पिकनिक।

संघांदोलन में निहित, भाव-भावना शुद्ध,
गहराई को समझिए, क्यों होते हो क्रुद्ध?
क्यों होते हो क्रुद्ध, जानते बूढ़े-बच्चा,
इस विरोध का असर पड़ा भुट्टो पर अच्छा।
यदि भारत में होते संघी सत्ताधारी,
एक इंच भी भूमि न देते अटलबिहारी।

शिमला-कुंडली

शिमला–
शिमला के लिए रजाई
रजाई के लिए रुई
रुई के लिए कपास
कपास के लिए खेत
खेत के लिए जमीन
जमीन के लिए युद्ध
युद्ध के लिए समझौता
समझौते के लिए शिखर-वार्ता
शिखर-वार्ता के लिए शिमला।

नेता के तीन रूप

नेता की पहिचान के तीन बताते चिह्न,
क्या-क्या हैं, इस विषय में राय हमारी भिन्न।
राय हमारी भिन्न, आप मानो न मानो,
असली-फसली-नकली, तीन क्वालिटी जानो।
असली नेता, जनता की सेवा करता है,
फसली नेता, चंदे से पाकिट भरता है।
नकली नेता, हैंडलूम की खादी धारे,
करवाता हड़ताल और लगवाता नारे।

चुनाव-चुटकी!

एलेक्शन के सूरमा! नोट करो सामान,
'फर्स्ट एड' का बक्स भी रख लेना श्रीमान।
रख लेना श्रीमान, बनाओ जितने झंडे,
झंडों से भी दुगुने बुक कर लेना गुंडे।
पोलिंग पर जाओ, तो पीकर जाना मिस्टर,
तिकड़म, झूठ, फरेब, चापलूसी का मिक्श्चर।

राष्ट्रीय पशु बाघ (चीता)

अब तक था इस देश का, राष्ट्रीय पशु शेर,
उसकी कुरसी छिन गई, समय-समय का फेर।
समय-समय का फेर, भाग्य चीते का चेता,
बिना इलेक्शन लड़े, बना पशुओं का नेता।
'वन्य जीव परिषद' के इस निर्णय से कक्का,
चरण-'सिंह' के दल को पहुँचा गहरा धक्का।

फिल्मी-नवेलियाँ

मिल जाए यदि 'माधुरी' भाग्यवान हैं आप,
निरख नवेली नारियाँ, कटें पाप-संताप।
कटें पाप-संताप, ज़िंदगी सफल बनाएँ,
प्रेमीजन इनके चित्रों पर पुष्प चढ़ाएँ।
काका, यदि निष्काम भावना से गुण गाओ,
पुनर्जन्म में नई नवेली 'काकी' पाओ।

योग्य कुमारी 'योगिता', मन 'मल्लिका' सुहाय,
वीना की झंकार-सी गूँजत 'रीनाराय'।
गूँजत रीनाराय, ताल मात्रा औ' लय में,
जगज़ाहिर 'ज़ाहिरा', कुशल भावुक अभिनय में।
'जय', 'सचदेव', 'अमान', 'भादुड़ी', सुघड़ 'सलूजा',
डिंपल' सा सिंपल व्यक्तित्व न देखा दूजा।

बुढ़ापे की खीज

अरे बुढ़ापे बावरे, तू क्या देखै मोहि?
पुनर्जन्म यौवन मिले, तब देखूँगा तोहि।
तब देखूँगा तोहि, उपेक्षा करते चाकर,
उत्तर देतीं बहू-बेटियाँ, मुँह मटकाकर।
बैठक में बाबा, बच्चों को खिला रहे हैं,
कुत्ता-बिल्ली को डंडा दिखा रहे हैं।

पछतावा!

सत्ता तू न गई मेरे मन सौं–
घिर्‌यौ रह्यौ दिन-रैन चटोरे चाटुकान चमचन सौं,
छोड़ गए, मुख मोड़ गए सब, चैन गयौ नैनन सौं।
पिट-पिट के मन भयौ पराजित, राजनीति गोटन सौं,
दऊँ कौनकू दोस गिर्‌यौ निज खौटन की चौटन सौं।
छिन में सब छिन गई प्रतिष्ठा, पाई कोटि जतन सौं,
किस्मत फूटी, गद्‌दी छूटी, कलुस भरे करमन सौं,
चुन-चुन पत्थर महल बनाए, कारे-गोरे धन सौं।
संपति की सीमा कौ हौआ, चिपट गयौ तन-मन सौं,
'काका' अब आराम मिलै जब, राम निकसि जाय तन सौं।

कार-चमत्कार

(इसमें 64 कार हैं, सरकार)

अहंकार जी ने कहा लेकर एक **डकार**,
कितने **कार** प्रकार हैं, इस पर करें विचार।
इस पर करें विचार, कार को **नमस्कार** है,
ओंकार में **निर्विकार** में व्याप्त कार है।
निरंकार या निराकार का चक्कर छोड़ो,
कलियुग में **साकार** ब्रह्म से नाता जोड़ो।

मजिस्ट्रेट के कोर्ट में, होने लगी **पुकार**,
पेशकार के सामने पहुँचा **पैरोकार**।
पहुँचा पैरोकार, प्रभो **उपकार** कीजिए,
आया एक **शिकार**, उसे **स्वीकार** कीजिए।
पुरस्कार है यह, इससे **इंकार** न करिए,
साधिकार सुखकार नोट पाकिट में धरिए।

तदाकार हो जाइए, तजकर **मनोविकार**,
सरोकार क्या कौन पर, किसका है **अधिकार**?
किसका है अधिकार, आपसे हमें प्यार है,
पूर्व जन्म के **संस्कार** का **चमत्कार** है।
पत्रकार अपकार करे **प्रतिकार** न करिए,
काव्यकार औ' व्यंगकार से बचकर रहिए।

पड़े कला के फेर में **चित्रकार-छविकार**,
नृत्यकार जी रट रहे, कत्थक के '**तथकार**'।

कत्थक के तथकार, बिचारे **गीतकार** जी,
करें प्रतीक्षा, नहीं मिले **संगीतकार** जी।
कलाकार, **बेकार** सड़क पर घूम रहे हैं,
साहूकार सेफ से चिपके झूम रहे हैं।

'बद' अच्छा लेकिन बुरा होता है **बदकार**,
मूर्धन्य **मक्कार** हैं, गुरू **भूदराकार**।
गुरू भूदराकार, आप तो **जानकार** हैं,
उनके चेले उच्चकोटि के **चाटुकार** हैं।
श्री **भ्रष्टालंकार** तख़्त पर बैठे जब तक,
अंधकार यह दूर नहीं हो सकता तब तक।

ताऊजी थे तबलिया, मामाजी, मुख्तार,
बीनकार थे बापजी, दादा **लेखाकार**।
दादा लेखाकार, बनी तकदीर हमारी,
करी वकालत पास, हुए **उत्तराधिकारी**।
पुरखाओं की मिक्श्चर-कल्चर निभा रहे हैं,
मवक्किलों के सर पर तबला बजा रहे हैं।

पड़ी नहीं जिस पर कभी, पत्नी की फटकार,
उस भौंदू भरतार को लाख बार **धिक्कार**।
लाख बार धिक्कार, न **हाहाकार** कीजिए,
तिरस्कार **दुतकार** सभी का स्वाद लीजिए।
बहिष्कार कर दें तो भी हिम्मत मत हारो,
वे मारें **फुफकार** आप उनको पुचकारो।

काकीजी की कर रहे काका **जैजैकार**,
तुकमिल्ला कुछ कार के बतला दो **सरकार**।
बतला दो सरकार, चपल नैना मटकाए,
अलंकार **झंकार** और **टंकार** बताए।
'ड्राइंग के दूकानदार पर जल्द जाइए,
मुन्ने को **दरकार**, एक **परकार** लाइए।'

रेलमंत्री का थर्डक्लासी स्वप्न

रेलमंत्री ने संतरी को बुलाया एकांत में–
'सुनो मलखान!
जानते हो वेष बदलकर
क्यों घूमते थे अकबर महान?
इसी तरह प्राप्त होता है,
जनजीवन का वास्तविक ज्ञान।
चलोगे हमारे साथ, थर्ड क्लास के सफ़र का स्वाद लेने?'
संतरी चकित
आधा प्रसन्न, आधा उदास
'हुजूर, आप और थर्डक्लास?'
'धीरे बोलो–
कल सुबह चलना है,
जो भी मुसीबत आए, उसे सहना है।'
इसी मंत्रणा में मंत्रीजी सो गए,
विचार-सागर में खो गए।
भीड-भाड़ से भरपूर–'दिल्ली जंक्शन'

थर्डक्लास की खिड़की पर
दो सौ गज लंबा क्यू,
पहिले मैं, पीछे तू।
'जेबकतरों से सावधान' का बोर्ड देखकर
यात्रियों ने अपनी-अपनी पाकिट सँभाली,
कलाकारों ने भाँप लिया,
किसकी भरी है, किसकी खाली।
जिन स्टेशनों पर ऐसे बोर्ड नहीं लगाती सरकार,
वहाँ अपने ख़र्चे से लगवा देते हैं पॉकिटमार।

डिब्बे खचाखच, दरवाज़े ठसाठस,
मंत्री जी को सीधा लिटाकर-
संतरी ने ठूँस दिया खिड़की में।
अंदर तो पहुँच गए, बैठने को भटक रहे हैं।
संतरीजी पायेदान पर लटक रहे हैं।

झंडी हिली, गाड़ी चली,
मंत्रीजी चिल्लाए अंदर से–
'अरे किधर है मलखान?'
'मौत के मुँह में हूँ श्रीमान'
'हमारा भी दम घुटा जा रहा है यार'
'बाथरूम में घुस जाइए सरकार'
'वह तो पहले से ही रिजर्व है
दो बाहर अड़े हैं, तीन भीतर खड़े हैं।'

यकायक गाड़ी रुकी, धक्का आया
मंत्री जी का सिर
एक महिला से टकराया।
बोली फुफकार कर–
फूट गई हैं क्या? अभी मजा चखा दूँगी–
मारते-मारते 'चरणसिंह बना दूँगी।'

मंत्री जी कुछ कहने ही वाले थे–
अपर बर्थ से बोले एक खद्दरधारी,
'नारी से लड़ोगे? ऐसी ठोकर मारेगी,
विरोधियों में जा पड़ोगे।'

'यह क्या हो रहा है?
ट्रेन पीछे को वापिस चल रही है,
उल्टी गंगा, क्यों बह रही है?'
'चुप रहो,
गार्ड साब की प्रेमिका
प्लेटफार्म पर रह गई है।'

उसको रिसीव करके
गाड़ी पुनः आ रही है।
हर तीसरे मील पर
जंजीर खींची जा रही है।
बेटिकिट यात्री–
अपने-अपने घरों का रास्ता नाप रहे हैं,
गार्ड और टी॰टी॰ टुकुर-टुकुर टाप रहे हैं
कौन करे, इन लोगों से संग्राम?
बूढ़ा मरे या जवान
हमें तनुखा से काम।

डिब्बों में अंधकार छा रहा है,
'ब्लैक आउट' का मज़ा आ रहा है।
गाड़ी पुल पर धड़ाधड़ चल रही है,
'गंगामाई की जय' बुल रही है।
'धड़ाम धड़ाम धम्म' ...
पुल टूट गया,
इंजन से डिब्बों का संबंध छूट गया।

डूबते हुए मंत्री जी ने
संतरी का पाजामा पकड़ लिया है
संतरी झटका मारकर छुड़ा रहा है।
'दूर रहिए दूर, मुझे बख्शिए हुजूर,
बहुत सेवा कर चुका तुम्हारी
परलोक में जिम्मेदारी नहीं है हमारी।'

सबेरा हुआ–

मंत्री जी आँख मीड़ते हुए उठे–
सबसे पहले संतरी को बुलाया,
हुकुम सुनाया–
'यात्रा-प्रोग्राम कैंसिल!
आज से सर्विस ख़त्म हुई तेरी,
स्वप्न में भी दगा दे गया
तो जाग्रत में क्या रक्षा करेगा मेरी?'

लाउडस्पीकर वंदना

'लाउडस्पीकर' प्रभो! कोलाहल के बाप,
भोंपू या कनफोड़वा, नाद-ब्रह्म हैं आप।
नाद-ब्रह्म हैं आप, गरज घनघोर दहाड़ें,
बहरे सुनने लगें, दाँत गूँगा जी फाड़ें।
असेंबली में बैठे माननीय स्पीकर,
उनसे भी उच्चासन पर लाउडस्पीकर।

रामायण का पाठ हो, भजन-कीर्तन-जाप,
धार्मिक कार्यों के लिए अति आवश्यक आप।
अति आवश्यक आप, नहीं चिंघाड़ो ऐसे,
तो भक्तों की टेर प्रभू तक पहुँचे कैसे?
अभिनंदन-वंदन हो, मृतक-भोज या शादी,
तुमको चाहें ईश्वर और अनीश्वरवादी।

लाला लूटनलाल जी, सल्लो सट्टेबाज,
बने आपकी कृपा से भक्तों के सिरताज।
भक्तों के सिरताज, पान वाले हलवाई,
धोबी, तेली, हरिजन, ब्राह्मण, बनिया, नाई।
जातिवाद को त्याग आप सबके घर जाते,
स्वर्गलोक में उनकी सीट रिजर्व कराते।

एकतंत्र, सामंत या प्रजातंत्र-गणतंत्र,
आवश्यक है सभी को ध्वनि-विस्तारक यंत्र।
ध्वनि-विस्तारक यंत्र, युद्ध से कभी न डरते,
हो निशंक-निर्भीक देश की सेवा करते।
मिला आपका साथ, भाग्य बंगला का जागा,
मारी एक दहाड़, 'सातवाँ बेड़ा' भागा।

रात-रात भर जिस जगह मचे आपका शोर,
नहीं पहुँच सकते वहाँ, ठग, डाकू या चोर।
ठग, डाकू या चोर, परीक्षा के दिन आते,
पाठ छोड़कर छात्र-छात्रा गाने गाते।
नकल करें या इम्तहान में लाएँ ज़ीरो,
भाग जाएँ बंबई, स्वयं को समझें हीरो।

अस्पताल के निकट हो प्रवचन धूआँधार,
गाली देते आपको, अल्पबुद्धि बीमार।
अल्पबुद्धि बीमार, नर्स-डाक्टर घबराते,
किंतु आपकी दयादृष्टि को समझ न पाते।
अंत समय प्रभुनाम कान में पड़ जाएगा,
मरने वाला स्वर्ग-सीढ़ियाँ चढ़ जाएगा।

जिस पार्टी से आपका, नहीं मिल सके मेल,
उसका सम्मेलन तुरत कर देते हो फेल।
कर देते हो फेल, भीड़ में मचे तहलका,
काव्य-मंच पर कब्ज़ा होय विरोधी दल का।
'पत्र-पुष्प' पर संयोजक जी डालें डाका,
जान बचाकर स्टेशन को भागें काका।

जायँ चुनाव-प्रचार में प्रत्याशी के साथ,
तारें अथवा डुबो दें, लाज आपके हाथ।
लाज आपके हाथ, एम॰पी॰ उसे बना दें,
यदि हो जाएँ रुष्ट, ज़मानत जब्त करा दें।
'डबल डोज़' लेकर आए मिस्टर खलनायक,
उखड़ गए तो बोले, 'ठीक नहीं था माइक।'

पंडित हो या पादरी, सिक्ख होंय या शेख़,
गुटबंदी से दूर हैं, आप धर्मनिरपेक्ष।
आप धर्मनिरपेक्ष, निभाते भाईचारा,
मंदिर-मस्जिद, चर्च होय अथवा गुरुद्वारा।
कहँ काका, कोयल कूके या रेंके भैंसा,
करो प्रसारित शब्द-शब्द जैसे का तैसा।

मधुर मुरलिया बजे या, कूकुर करें प्रलाप,
भेदभाव किंचित नहीं, समद्रष्टा हैं आप।
समद्रष्टा हैं आप, राम हों अथवा रावण,
इंदिरा की वाणी या जगजीवन का भाषण।
बिना सेंसर करते हो सीधी सप्लाई,
प्रेस-रिपोर्टर, संपादक सब करें बड़ाई।

गर्जन-तर्जन-शोरगुल-चीख़-पुकार समर्थ,
ट्रांजिस्टर या रेडियो, बिन स्पीकर व्यर्थ।
बिन स्पीकर व्यर्थ, बने हो सबके रीजन,
एंप्लीफायर, टेपरिकार्डर, टेलीविजन।
थ्येटर, ड्रामा, सर्कस और सिनेमा सारे,
बिना आपके पड़े रहें सब ठप्प बिचारे।

शुभ स्वतंत्रता-पर्व पर, स्वीकारें सब लोग,
आज़ादी में आपका मिला सक्रिय सहयोग।
मिला सक्रिय सहयोग, आप यदि नहीं डाँटते,
तो भारत को छोड़ भला अँगरेज़ भागते!
करते पर-उपकार, नहीं भाती खुदगरजी,
बारंबार प्रणाम आपको स्पीकरजी।

मोटू मामा

काका से कहने लगे, मामा हाथ मिलाय,
ऐसी युक्ति बताइए, मोटापा घट जाय।
मोटापा घट जाय, 'मानिए राय हमारी,
एक माह तक घोड़े पर कीजिए सवारी।
कुछ दिन में काया का संकट कट जाएगा,
फुर्तीला हो बदन, वजन भी घट जाएगा।'

उनके हृदय समा गई, राय हमारी नेक,
सस्ते भाड़े पर लिया, लद्दू घोड़ा एक।
लद्दू घोड़ा एक, कई दिन तक दौड़ाया,
श्रम होगा, इसलिए दूध-घी ज़्यादा खाया।
मामा जी का वजन और दो पौंड बढ़ गया,
लेकिन घोड़ा बेचारा दस पौंड घट गया।

सस्ती कविता

सस्ती कविता जम गई, नहीं समझना झूठ,
जब महँगी कविता पढ़ी, तभी हो गए हूट।
तभी हो गए हूट, कट गए पत्रम्-पुष्पम्,
अपने पैरों आप कुल्हाड़ी क्यों मारे हम?
काका उन श्रोताओं को उपदेश न भाएँ,
सममेलन में जो मनोरंजन करने आएँ।

काका-काकी संवाद

काव्य-कला की कोठरी, छंदन जड़े किबार,
तारे लागे 'श्लेष' के, भरे 'यमक' भंडार।
भरे यमक भंडार, छमाछम आईं काकी,
उछल पड़े खैयाम, सामने देखी साकी।
'देवीजी! कोई मौलिक कल्पना सुझाओ,
फड़क उठें श्रोता, ऐसे कुछ 'भाव' बताओ।

'भाव' बहुत ऊँचे कहूँ, नोट करो भरतार,
तीस रुपैया की किलो, मिले उर्द की दार।
मिले उर्द की दार, पड़े अब कैसे पूरा?
चार रुपैया पाव बिक रहा चीनी-बूरा।
कहो, कौन से कवि जी ऐसे भाव लिख रहे?
मटर-टमाटर, कलाकंद के भाव बिक रहे।

और बताऊँ भाव कुछ, और बताऊँ दाम?
एक रुपए में मिलेगा, सिर्फ़ एक बादाम।
सिर्फ़ एक बादाम, अधिक बल-ताकत चाहो,
तो असली घी के, इंजेक्शन लगवा आओ।
जिस 'बनास्पति' की करते थे, सभी बुराई,
आज उसी के लिए तरसते लोग-लुगाई।

क्या ले बैठीं झींकना, किया रंग में भंग,
चलो सिनेमा देखने, आज हमारे संग।
आज हमारे संग, पड़ेंगी तुम्हें दिखाई,
'बालकनी' की टिकिट ले रहीं मिस महँगाई।
हाय ग़रीबी, हाय ग़रीबी, जो चिल्लावें,
वे ही 'क्यू' में लगे टिकिट को धक्के खावें।

खेल ख़त्म जब हो गया, वे थीं क्लांत-अशांत,
'समझे हम तुम हो दुखी, देखी फ़िल्म दुखांत।'
देखी फ़िल्म दुखांत, 'तुम्हें सूझा है ठट्ठा,
खींच ले गया कोई, हमारा नया दुपट्टा।'
यह सुनकर हँस पड़ी, नए लड़कों की टोली,
उन्हें देखकर करुण स्वरों में काकी बोली–
'इन्हीं लड़कों ने ले लीना दुपट्टा मेरा।'

ला-'कर'

काले धन की खोज का, चला विकट अभियान,
कलाकार चिल्ला रहे, रक्षा कर भगवान।
रक्षा कर भगवान, लगा यह धक्का गहरा,
घर-बंगलों पर बैठा दिया पुलिस का पहरा।
हमने किए इकट्ठे नोट, नाच-गा-गा कर,
करके 'लाकर' सील, कह रहे ला-कर, ला-कर।

हिप्पीवाद

'काका' हिप्पीवाद से क्यों घबराते आप?
'हरे कृष्ण' की आड़ में छिपें हज़ारों पाप।
छिपें हज़ारों पाप, साथ में हिप्पिन चेली,
अलकोहल की गंध, वासना की रंगरेली।
इस बिलायती नुस्खे से मिट जाता है ग़म,
रहो लगाते दम्मः, कि जब तक है दम में दम।

तदबीर-तकदीर

ज्ञानचंद्र के ज्ञान से टकराए बलवीर,
क्या कारण, तदबीर पर हावी है तकदीर?
हावी है तकदीर, रात-दिन श्रम करते हैं,
फिर भी बेचारों के पेट नहीं भरते हैं।

सेठ 'अंगूठा छाप' मौज बँगले में करते,
पाँच एम॰ए॰, दस बी॰ए॰ खिदमत में रहते।

ज्ञानी बोले, खोपड़ी चाट रहे क्यों व्यर्थ,
भाग्यशास्त्र में देख लो इस मसले का अर्थ।
इस मसले का अर्थ, परिश्रम में धन होता,
तो प्रत्येक कुली-मजदूर लखपती होता।
अगर बुद्धि के द्वारा धन अर्जित कर पाते,
सब लेखक-कवि-संपादक कुबेर बन जाते।

'नंबर दो' की माया

करोड़पति सेठ 'हरे राम',
दिन-रात जपते हैं राम का नाम।
राम-कृष्ण के नाम पर चल रहे हैं कई फर्म,
कलिकाल में यही तो हैं धर्म के कर्म।
प्रतिवर्ष पुराने फर्मों को कर देते हैं फेल,
नए नामों से चालू हो जाती है सेल।
जय हो शंकर-भोले-बम्-बम्,
बिक्रीकर, आयकर हजम।
जितनी रकम पचाते हैं–
दसवाँ भाग, सत्संग कथा-प्रवचन में लगाते हैं।

कीर्तन करते-करते समाधिस्थ हो जाते हैं
अन्न त्याग रक्खा है–
केवल फल-दूध पर रहते हैं,

चार सौ बीस माला नित्य नियम से जपते हैं
व्यर्थ के शब्दाडंबर पर मारकर लात–
'राम–कृष्ण' के माध्यम से ही करते हैं बात।
सफेद धन का इशारा है 'राम'
काले धन का कोड वर्ड है 'कृष्ण'
जिससे कह दिया राधे–श्याम
समझ लो हो गया उसका काम।
निसृत हुआ यदि मुख से 'हे राम'
नहीं मिलेंगे दाम, मारे गए गुलफाम।
तेज़ी हो या मद्दी,
फकाफक रहती है गद्दी।
मुखड़े पर चमक है, क़ाया स्वस्थ है,
संपूर्ण रामायण इनको कंठस्थ है।

चना–चीत्कार

अन्नकूट के दिन लगा, दीनबंधु दरबार,
अन्नदेव 'क्यू' में लगे, मूंग, बाजरा, ज्वार।
मूंग, बाजरा, ज्वार, चना, जौ, अरहर, मक्का,
चाबल घायल हुआ, दिया गेहूँ ने धक्का।
मोंठ हुई भयभीत, उर्द जी बचकर भागे,
चटर–पटर कर मटर बढ़ गई सबसे आगे।

सभी केस सैटिल हुए, एक रह गया शेष,
कृपासिंधु ने अंत में, लिया चने का केस।
लिया चने का केस, बिचारा खड़ा रो रहा,
भगवन्! मुझ पर भारी अत्याचार हो रहा।
बड़े-बड़े ज्ञानी-ध्यानी भी मुझे सताते,
कूट-पीसकर भिन्न-भिन्न पकवान बनाते।

मानव की तो क्या चली, नहीं अछूते आप,
चने बने व्यंजन प्रभो, खा जाते चुपचाप।
खा जाते चुपचाप, सलोना सोहनहलुआ,
दालसेब, नुकती-बूंदी, बेसन के लडुआ।
होले-छोले-सत्तू औ' परांवठे मिस्से,
रक्षक भक्षक हैं, फरियाद करूँ फिर किससे?

खाल छीलकर कर दिया मेरा बदतर हाल,
फिर टुकड़े-टुकड़े किए, बनी चने की दाल।
बनी चने की दाल, पुनः चक्की में पीसा,
पीड़ा से चिल्लाया, मिमियाया बकरी-सा।
फिर भी बेदर्दी मानव को दया न आई,
गर्म तेल में तले पकौड़े कुगत बनाई।

भून-भूनकर भाड़ में चिल्लाते मक्कार,
'चने खाइए भुरभुरे, गरम मसालेदार।'
गरम मसालेदार, प्रभू सुधि भूले तन की,
सुन-सुनकर यह कथा, लार टपकी भगवन की।
बोले होंठ चाटकर, मूड आ रहा मुझको,
'भाग यहाँ से वरना खा जाऊँगा तुझको।'

कुत्तों के बिस्कुट

बिस्कुट की दूकान पर पहुँचे घोंचूराम,
देख रहे थे सेंपिल, पूछ रहे थे दाम।
पूछ रहे थे दाम, 'साफ बतला दें तुमको,
कुत्तों के खाने के बिस्कुट चहिए हमको।'
दुकनदार बोला-'कहिए कितने दे दूँ, सर?
यहीं खाएँगे अथवा ले जाएँगे घर पर?'

एशिया–72

शोर नुमाइश का सुना, मन में उठी उमंग,
काका कवि दिल्ली चले, काकी जी के संग।
काकी जी के संग, टिकट ले अंदर धाए,
पग–पग पर मिस अँगरेज़ी के दर्शन पाए।
देख उपेक्षा हिंदी की यह सोचा मन में,
हम दिल्ली में नहीं, इस समय हैं लंदन में।

देख चुके थे बहुत कुछ, बहुत रह गया शेष,
मंडप 'राजस्थान' में करने लगे प्रवेश।
करने लगे प्रवेश, साज–सज्जा लासानी,
टपक रही कण–कण से संस्कृति राजस्थानी।
'एनक्वारी' में शोभित थी माडर्न सुंदरी,
चुनरी को अँगरेज़ी में कहती थी 'छुनरी'।

उसी भीड़ में मिल गए, बोले कवि बजरंग,
मंडप सबसे श्रेष्ठ है यहाँ सोवियत संघ।
यहाँ सोवियत संघ, देखकर लाइन लंबी,
आकर्षण बढ़ गया, लग गए क्यू में हम भी।
काका खड़े रहे दो घंटे भाग्य सो गया,
नौ बज गए रात्रि के फाटक बंद हो गया।

प्रदर्शनी को देखकर, बनी हमारी राय,
ना देखे पछताएगा, देखे सो पछताय।
देखे सो पछताय, बहत्तर बार आइए,
तब पूरी 'एशिया बहत्तर' देख पाइए।

थककर बोली काकी—पैर हो गए पत्थर,
चलो, भाड़ में गई सोत 'एशिया बहत्तर'।

महँगाई कुंडली

पॉकिट में पीड़ा भरी, कौन सुने फरियाद?
यह महँगाई देखकर, वे दिन आते याद।
वे दिन आते याद, जेब में पैसे रखकर,
सौदा लाते थे बज़ार से थैला भरकर।
धक्का मारा युग ने, मुद्रा की क्रेडिट में,
थैले में रुपए हैं, सौदा है पाकिट में।

अलंकरण-हरण

आँख फाड़ कहने लगे, एक दिल्लगीबाज़,
अब तक तुमको पद्मश्री, नहीं मिली कविराज?
नहीं मिली कविराज, पड़े हो रजधानी में,
डूब मरो काका जी, चुल्लू-भर पानी में।
'पद्मश्री' में क्या रक्खा है, तुम्हीं बताओ?
यदि दिलवानी है तो जयश्री टी॰ दिलवाओ।

मौनी-बाबा दे गए, गंडा और भभूत,
दसवें महीने आ गया घर में एक सपूत।
घर में एक सपूत, पुरोहित को बुलवाया,
उस लड़के का नाम 'पद्मभूषण' रखवाया।
छलंकरण से अलंकरण पर मारा छापा,
बिना सिफ़ारिश बने 'पद्मभूषण' के पापा।

भगवान की दुआ

स्वास्थ्य मंत्री जी ने–
जनता-जनार्दन का आग्रह स्वीकार किया,
कस्बे में जच्चाख़ाना खुलवा दिया।

रख दी उसमें एक लेडी डाक्टर,
चंद स्टाफ के साथ।

बहुत आस लगाई, पब्लिसिटी भी कराई,
सालभर तक कोई भी जच्चा नहीं आई।
आख़िर में कुछ ऐसी हुई भगवान की दुआ
दूसरे वर्ष, उसी लेडी डाक्टर के
पहला बच्चा हुआ।

सेर पर सवा सेर

दहाड़े बड़े मियाँ–
पकड़कर पाकिस्तानी लगाम
'अब हम चौबीस घंटे करेंगे काम।'
यह सुनकर उछलकर बोला–
एक बंगाली पहलवान,
'हम पोच्चीश घंटे करेगा काम
जानता हय?
बांगला देश में पाकिस्तान से
एक घंटा पोहिले शूर्योदय होता हय।'

खबरों की खबरदारी

तीन बच्चे

(एक महिला के तीन बच्चे एक साथ हुए)

जुड़वाँ बच्चे दे रही, उस देवी को 'धोक',
एक साथ हों तीन तो धन्य होय भू-लोक।
धन्य होय भू-लोक, नियम क्या खूब निभाया,
'बच्चे दो या तीन' पोस्टर सफल कराया।
न्यौछावर उस पर परिवार-नियोजन सारा,
दर्शन को व्याकुल है, 'लाल तिकोन' बिचारा।

सुरक्षा

(कुछ उद्योगपतियों ने सुरक्षा फंड में फोके चैक दिए)

मंत्री जी को खुश किया, देकर फोके चैक,
टकराकर के बैंक से, चैक हो गए बैक।
चैक हो गए बैक, काम अच्छा या खोटा,
अब क्या मतलब हमें, मिल गए परमिट कोटा।
'काका' किया एक फायर, दो चिड़ियाँ मारीं,
दिया सुरक्षा फंड, सुरक्षा हुई हमारी।

लड़की से लड़का

(नई दिल्ली के अस्पताल में, कुमारी निशि, अरविंदकुमार बनी)

डाक्टर आगे बढ़ गए, पिछड़ गया करतार,
चिंता में क्यों घुल रहे, लालाजी बेकार?
लाला जी बेकार, भाग्य अब जागे उनके,
लड़की ही लड़की पैदा होती थीं जिनके।

करें घोषणा नर्स और डाक्टर चिल्लाकर,
लड़की से लड़का बनवा लो, दिल्ली आकर।

पत्नीदान

(एक व्यक्ति ने अपनी पत्नी को दान कर दिया)

स्वर्णदान, भूदान या अन्नदान, श्रमदान,
हुए पुराने दान यह, छोड़ इन्हें नादान।
छोड़ इन्हें नादान, समय की गति पहिचानो,
सर्वश्रेष्ठ कलियुगी दान क्या है यह जानो।
कन्यादान व्यर्थ है, पत्नीदान कीजिए,
सब झंझट से मुक्त, चैन की साँस लीजिए।

भाग्य के खेल

(ग्वालियर जेल में डाकू सरदार 'मूरतसिंह' चांदी के बर्तनों में भोजन करता था)

क्या रक्खा ईमान में, देख भाग्य के खेल,
कर मनुआँ अपराध कुछ, पहुँच ग्वालियर जेल।
पहुँच ग्वालियर जेल, छोड़ शंका-आशंका,
फकाफक्क चल रहे, उधर बिजली के पंखा।
मिट्टी के कुल्लड़ में चाय पी रहे काकू,
चांदी के बर्तन में भोजन करते डाकू।

छिपकल्ली

(दूध की बोतल में छिपकली निकली)

यश-अपयश को छोड़कर, कीजे ऐसे काम,
जन-जन में चर्चा चले, मच जाए कुहराम।
मच जाए कुहराम, चमक दिखलाओ ऐसी,
'दिल्ली दुग्ध योजना' प्रगति कर रही जैसी।
अब तक निकले बोतल में चूहा-छिपकल्ली,
निकलेगा जब साँप, धन्य हो जाए दिल्ली।

भगवान को ज्ञापन

पंद्रह अगस्त को–
हास्यरसी कवियों का लेकर डेपूटेशन
पहुँच गए हम बैकुंठधाम स्टेशन।
गेट पर खड़ा हुआ दरबान
हो गया हक्का-बक्का
घुस गए अंदर
देकर उसे धक्का।

नारे लगाए–
जय नारायण, जय परमात्मा,
ज्ञापन लेकर आई हैं कुछ आत्मा।

अंदर से आवाज़ आई–
'क्या शोर-शराबा है, कौन हैं ये दुस्साहसी?'

हमने कहा–
'काका हाथरसी, बेधड़क बनारसी,
अल्हड़-भुल्लड़, डंठल-कुल्लड़,
सनीचर-फटीचर-भौंपू-हुल्लड़।'

'किसलिए आए हैं?'
'क्रांतिकारी कल्पनाएँ लाए हैं।'

सांसारिक नर-नारी–
नवीनता की ओर बढ़ रहे हैं,
आप बेख़बर होकर
क्षीर-सागर में शयन कर रहे हैं।
यही दशा रही तो
विरोधी दल हथिया लेगा सत्ता,
कट जाएगा बैकुंठ से आपका पत्ता।
जन-गण-मन पर डालने के लिए इंप्रेशन
नोट कीजिए हमारे सप्तसूत्री सजेशन–

1
मानव-बॉडी का वर्तमान ढाँचा
'आउट ऑफ डेट' हो गया है,
इसे बदल दीजिए
संविधान में संशोधन कीजिए।

2

मनुष्यों को दे दिए हैं आपने दो-दो कान
इनका दुरुपयोग करता है इंसान,
किसी भी बात को गंभीरता से नहीं लेता है
इस कान से सुनकर उस कान से निकाल देता है।
आइंदा के लिए नोट कीजिए,
एक आदमी को, एक ही कान दीजिए।

3

कान के बदले में-
सिर के चारों ओर आँखें फिट कर दीजिए चार
सौंदर्य को मुड़-मुड़कर
नहीं देखना पड़ेगा धर्मावतार।

4

नेत्रों की ज्योति घटती जा रही है,
इनमें एक्सरे वाले, ऐसे लैंस कीजिए एडजस्ट,
नेताओं की अंतरात्मा दीख सके स्पष्ट।
फिर, जनता को धोखा नहीं दे सकेंगे,
दलबदलू वोट नहीं ले सकेंगे।

5

महिलाओं की जिह्वा
ज़रूरत से ज़्यादा लचीली बना दी है आपने।
बोलती है तो बोलती चली जाती है ऐसे,
रौटरी मशीन चल रही हो जैसे।
जहाँ इकट्ठी हो जाएँ देवियाँ चार,

कोई प्रोग्राम नहीं जम सकता सरकार।
इनकी जीभ–
कुछ छोटी कर दीजिए या मोटी कर दीजिए।

6
छात्राओं पर आवाज़कशी करते हैं गुंडे
उनकी सुरक्षा का प्रबंध कीजिए
प्रत्येक लड़की के सिर में
दो–दो सींग फिट कर दीजिए।
कालेज हो या मार्केट
जहाँ भी कोई छेड़े, फाड़ दें उसका पेट।

7
शासन में आकर्षण लाने के लिए
समाजवादी कदम उठाइए दीनानाथ
आप 'चतुर्भुज' बने हुए हैं
हमको केवल दो हाथ?
या तो आप भी दो रखिए
या हमको भी चार दिलवाइए।
ज्ञापन लीजिए
हस्ताक्षर कीजिए!

अंत में–
बुलाकर हमको एकांत में
चुपके से समझाया भगवान ने–
'वत्स काका!
जनता को मत भड़काओ

लो ये दस सहस्त्र मुद्राएँ
पीओ, खाओ मौज उड़ाओ।'
हमने कहा–'गुरू!
स्वतंत्रता की 50वीं जयंती मनाएँगे
पचास हज़ार लिए बिना नहीं जाएँगे।'

विरोध-प्रदर्शन

'जय हो विष्णु भगवान!
दीन-दुखियों के फ्रेंड, लक्ष्मी जी के हसबैंड।'
'कौन हैं आप लोग?'
'हम हैं कालेज स्टूडैंट!'
(स्टूडैंट शब्द सुनते ही काँप गए भगवान)

'दरवाज़ा बंद कर दो दरबान।'
'इससे कुछ नहीं होगा महाराजा,
तोड़ डालेंगे हम दरवाज़ा
अधिक नहीं करेंगे वेट!
लखनऊ यूनिवर्सिटी से ज़्यादा
मजबूत नहीं है बैकुंठ का गेट।
मारेंगे या मरेंगे।
आपका घेराव करेंगे।
'इंकलाब ज़िंदाबाद!'
(लड़के गरम हो गए, भगवान नरम हो गए)
'आख़िर चाहते क्या हो नौजवान?'
'एक्सक्यूज, कृपानिधान!
हम लोग भीख माँगने नहीं आए हैं,
विरोध-पत्र लाए हैं।

ग़लत सजैशन आपको दे गए हैं 'काका
लड़कियों के सींग लगवाकर
हमारे मूलभूत अधिकारों पर डाल रहे हैं डाका'।
(भगबान ने भृकुटि तानी)
'क्या कहा—मूलभूत अधिकार?'
'यस धर्मावतार!
क्यों गढ़ते हैं आप सुंदर-सुंदर सुरतियाँ
वंडरफुल मुरतियाँ
बनाइए उनको—
काली-कलूटी, चामुंडा जैसी
देखने वालों की हो जाय ऐसी-तैसी।'

'मानस पुत्रो!
अभी तुम बच्चे हो, नीतिशास्त्र में कच्चे हो,
अगर लड़कियाँ होंगी कुरूप
लड़के होंगे सुंदर-प्रियदर्शी
तो फिर, छोरियाँ, छोरों पर करेंगी आवाज़कशी
इसलिए जाओ, विरोध-पत्र हमको दे आओ
बैकुंठ की संसद में इसे रखवाएँगे,
तब तक लड़कियों के सींग नहीं लगवाएँगे।
तुम भी अपने कैरियर को मोड़ दो,
कन्याओं को छेड़ने की आदत छोड़ दो।'

यमराज पर फिल्मी जादू

भगवान यमराज के दरबार का सीन :
न्याय के लिए उपस्थित थीं, आत्मा तीन।
दो थीं नारी
एक थी कुमारी।

चित्रगुप्त ने इशारा किया
प्रथम महिला ने शपथ लेकर अपना बयान दिया–

> 'मैं नियम से 'रामायण' का करती थी पाठ
> माला जपती थी, नित्य एक सौ आठ।
> पति से एकादशी का व्रत कराती थी–
> इसलिए पतिंव्रता कहाती थी।'

इतना कहकर उसने कोर्ट में ही
कीर्तन कर दिया शुरू,
बोर होकर बोले यमराज गुरु–
    'बस-बस .... ठीक है,
    न्यायालय के नियमों की रक्षा करो,
    निर्णय की प्रतीक्षा करो!
    अगला केस ....? करो पेश!'

दूसरी आई एक आधुनिका नारी,
आधी विवाहित, आधी कुमारी।
हिप्पिन जैसे बाल, दार्शनिकों जैसी चाल।
    'संसार से विरक्त हूँ,
    भगवान की भक्त हूँ।
    हज़ारों प्रेमियों को लताड़ चुकी हूँ,
    लाखों लव-लैटर फाड़ चुकी हूँ।
    त्याग की महिमा अपार है,
    वही मेरे जीवन का सार है।'

चित्रगुप्त की भृकुटी फड़की
छम-छम करती आई तीसरी लड़की
(जैसे ब्लैक-आउट में बिजली चमकी)
उसके मादक नयनों से
'सोमरस' टपक रहा था
मुखारविंद स्वर्ण-बिस्कुटों-सा
दमक रहा था
नृत्य की भाव-मुद्रा बनाकर
हो गई खड़ी–

भगवान भावनाओं में बह गए,
चित्रगुप्त ठगे-से रह गए।
'ना जानूँ 'रामायण', ना जानूँ 'गीता',
मेरा जीवन तो फ़िल्मों में
नाचते-गाते ही बीता।
नहीं मालूम प्रभो!
क्या धर्म है, क्या है पाप?
दे दीजिए निर्णय, मालिक हैं आप।
'मालिक' शब्द सुनते ही
यमराज के तन-बदन में
दौड़ गया करेंट
देने लगे जजमेंट :
'प्रथम केस की धार्मिक महिला को
स्वर्ण-भवन की चाभी दे दो।
दूसरी बाला को
चाँदी के कमरे की चाभी दे दो।
'और इस लली को, फ़िल्मी कली को
ह-ह-ह-हमारे कमरे की ताली दे दो!'

विधाता की भूल

ईश्वर ने आरंभ में, किया विश्व-निर्माण,
पुनः बनाया आदमी, डाले उसमें प्राण।
डाले उसमें प्राण, प्रभू फूले न समाएँ,
'एक आइटम इससे बढ़िया और बनाएँ।'
बढ़ा-चढ़ाकर गढ़ा सुघड़ नारी के तन को,
तबसे चैन न नर को मिला, न नारायण को।

पर्यायवाची पैंतरे

निष्कासित भले ही कर दीजिए
निकालने की घोषणा मत कीजिए।

कोठी-कार छोड़ दे बच्चा,
डिसमिस से **इस्तीफ़ा** अच्छा।

खुशामदी से अधिक **चमचे** की प्रतिष्ठा है,
रिश्वत में घृणा, **नजराने** में निष्ठा है।

झूठ से **असत्य** में कुछ तो सत्य है,
उनकी **करतूत** से श्रेष्ठ आपका **कृत्य** है।

क्या अंतर है 'काका' **खुजली** और **खाज** में?
वही जो **दुश्चरित्र** और **शौकीनमिजाज** में।

गवैया से **गायक**, **बजवैया** से **वादक** भला,
नचकैया का **नृत्यकार** से क्या मुकाबला?

नौकरानी से **परिचारिका** शिष्ट होती है,
होस्टेस सुंदर औ' स्वादिष्ट होती है।

बैठिए हुजूर! आप तो फजूल डर रहे हैं,
हम लोग **सुरापान** नहीं, **ड्रिंक** कर रहे हैं।

छोड़ो जी, यह व्यर्थ की घिसघिस,
तुम्हारी है **नौकरी**, मेरी है **सर्विस**।

पूँजीवादी चुनौती

बोले इंडीकेट से मिस्टर सिंडीकेट,
इंदिरा की सरकार से सावधान हैं सेठ।
सावधान हैं सेठ, नब्ज पहचान रहे हैं,
रक्षा को कानूनी छाता तान रहे हैं।
बेटा-बेटी, चचा-भतीजे, जीजा-साले,
मिल-जुलकर 'संपति-सीमा' के तोड़ें ताले।

आप बनाओ योजना 'करें ग़रीबी दूर',
पूँजीवादी लट्ठ से कर दें चकनाचूर।
कर दें चकनाचूर, अर्थ के हम आराधक,
बदल नहीं सकते प्रारब्ध हमारा, शासक।
'काका' कब तक दाल दलेगी दिल पर दिल्ली?
दूध न पीएगी तो लुढ़का देगी बिल्ली।

ज्ञान, ध्यान, भगवान् से पूँजीवाद महान,
कर का मनका छोड़कर, धन का कर गुणगान।
धन का कर गुणगान, डरो लक्ष्मी-बंदों से,
सोशलिज़्म जी रहा हमारे ही चंदों से।
कम्युनिज़्म से बचने को फंदा डाला है,
जान-बूझकर हमने यह संकट पाला है।

जितनी संपति यहाँ तुम देख रहे हो फ्रैंड,
उससे दुगुनी भेज दी अमरीका, इंगलैंड।
अमरीका, इंगलैंड, कहो कितना 'कर' लोगे?
करके 'लॉकर' सील हमारा क्या कर लोगे?
सारी संपति पर भी यदि पड़ जाए डाका,
सात पुश्त तक नहीं बिगड़ सकता कुछ 'काका'।

हैं अपने अधिकार में छह दर्जन अख़बार,
जब चाहें तब बदल दें, वर्तमान सरकार।
वर्तमान सरकार, तमाशा दिखा रहे हैं,
जनता पर जादू का डंडा फिरा रहे हैं।
अपना-उनका सौदा जिस दिन पट जाएगा,
यह समाजवादी कनकौआ कट जाएगा।

'काका' काले रंग पर, चढ़े न दूजा रंग,
किसका साहस है करे, काले धन से जंग,
काले धन से जंग, दूर कर दुविधा मन से,
गाल टमाटर हो जाते हैं काले धन से।
काले थे श्रीकृष्ण, सूर की कामर काली,
काली हैं, काली माई कलकत्ते वाली।

क्या करे कोई?

नाम 'अज्ञात', क्या करे कोई?
फिर मुलाक़ात क्या करे कोई?

हमने माँगी टिकिट मुहब्बत की,
मार दी लात क्या करे कोई?

लाखों दीदार के हैं दीवाने,
इंतजामात क्या करे कोई?

हमको तरसाके हुस्न-जलवों का,
करते 'निर्यात', क्या करे कोई।

पूछिए जब भी, बाथरूम में हैं,
फोन पर बात क्या करे कोई?

छत में छेद हो रहे 'काका',
उसपे बरसात, क्या करे कोई।

शतरंज कुंडली

बेटे को समझा रहे चाचा झाऊलाल,
फिशर और स्पास्की हो गए मालामाल।
हो गए मालामाल, पढ़ाई में क्या रक्खा,
घिसघिस करके कलम, जन्म-भर खाओ धक्का।
फाड़ पुस्तकें, चोला बदल करम के हेटे,
रंज छोड़, शतरंज खेलना सीखो बेटे।

गणपति बप्पा मोरिया

प्रजातंत्र-प्रांगण में भगवन अजब तमाशा होरिया।
—गणपति बप्पा...।।

1

जोड़-तोड़ के खेल हो रहे, मंत्री-मंडल फेल हो रहे,
नारी के डंडे के नीचे, मेल आज फीमेल हो रहे।
नाच रहे कठपुतली गुड्डे, खींच रहीं वे डोरियाँ,
—गणपति बप्पा ...।।

2

गांधी जी का चित्र लगाकर, जन-गण-धन पर डालें डाका,
जाने कब कुरसी छिन जाए, फिर कैसे जीएँगे काका।
खोलेंगे अगले चुनाव में, भर लें आज तिजोरियाँ,
—गणपति बप्पा ...।।

3

गालों पर छाई है लाली, चेहरा दमक रहा ज्यों दर्पण,
ये सफ़ेद डाकू हैं, हरगिज़ नहीं करेंगे आत्मसमर्पण।

जितने पहरेदार बढ़ रहे, उतनी होती चोरियाँ,
—गणपति बप्पा ...।।

4

सच्चे स्वतंत्रता सेनानी, 'ताम्रपत्र' को चाट रहे हैं,
जाली सर्टिफिकेट बनाकर, चमचे चाँदी काट रहे हैं।
डनलप के गद्दों पर, कोई फुटपाथों पर सोरिया,
—गणपति बप्पा ...।।

5

फर्स्ट क्लास 'एम॰ए॰' रिजैक्ट कर, लेलें थर्डक्लास बी॰ए॰ को,
साहब नहीं छुएँगे पैसा, दो हज़ार दे दो पी॰ए॰ को।
जनसेवा का लगा मुखौटा, दाग दनादन गोलियाँ,
—गणपति बप्पा ...।।

6

मार्केटिंग को जायँ 'हजूरिन' सजकर सरकारी कारों में,
उनके दर्शन को हो जाती, भीड़ इकट्ठी बाज़ारों में।
फ़िल्मी हीरोइन-सी लगतीं, ये राष्ट्रीय चकोरियाँ,
—गणपति बप्पा ...।।

7

लड़के लंबे बाल बढ़ाएँ, केस कटाती हैं कन्याएँ,
बेटे ब्लाउज़ पहिन रहे हैं, बिटिया जी लुंगी लटकाएँ।
धोखे में पड़ जाते 'काका', को छोरा को छोरियाँ?
—गणपति बप्पा ...।।

8

ईमानी अफसर को नीचेवाले बेईमान बना दें,
लालच का पैट्रोल छिड़ककर, नैतिकता में आग लगा दें।
तू भी खा और हमें खिला. या बाँध बिस्तरा-बोरिया,
—गणपति बप्पा ...।।

बधाई-कुंडली

(एक लाख के ज्ञानपीठ पुरस्कार पर)

दिनकर जी की 'उर्वशी', काका शीश नवाय,
जैसी उनके उर-बसी, मेरे उस बस जाय।
मेरे उर बस जाय, धन्य जीवन हो जाए,
सरस्वती के ऊपर लक्ष्मी चँवर डुलाए।
सप्लाई कर रहे बधाई कविगण मिलकर,
देश-देश में, दिन-दिन दूने दमकें 'दिनकर'!

डाकू श्रेय समस्या

डाकुओं के समर्पण श्रेय को लेकर,
खींचतान चल रही है व्यर्थ!
सर्वोदय और सरकार,
भिन्न-भिन्न लगा रहे हैं अर्थ।
दोनों ही अपने-अपने बाटों से तौल रहे हैं,
असली रहस्य 'काका' कवि खोल रहे हैं।

भयाक्रांत आत्माओं की हुई एक मीटिंग
चंबल के खारों में
बनाई एक योजना—
दुनिया बदल रही है, तुम भी बदलो
पापी शरीर का निस्तारण करो,
पुरानी केंचुली फेंको, नई धारण करो।
आत्मसमर्पण करके हो जाओ गिरफ़्तार,

गांधी जी के चित्र के सामने डाल दो हथियार!
पब्लिसिटी पाओ, गुडविल बनाओ,
इंटरव्यू दो, अभिनंदन पाओ।
अगले चुनावों में हो जाना खड़े,
जीत जाओगे तुम, हार जाएँगे बड़े-बड़े।
हाथों में होगी शासन की लगाम,
पुलिस वाले दूर से ही झुकाएँगे सलाम।
भव-बंधन के टूट जाएँगे तागे,
जो तुम्हारे पीछे भागते थे, वे भागेंगे आगे।

चंदे के फंदे

लीजे अपने साथ में कुछ ऊँचे व्यक्तित्व,
इस पर ध्यान न दीजिए कैसे हैं कृतित्व।
कैसे हैं कृतित्व, पर्सनल्टी का फंदा,
राज़ी या नाराज़ी से दिलवाता चंदा।
हो कोई परमिट-लैसंस दिलाने वाला,
जितना चाहो उतना चंदा दे दें लाला।

धंदा-मंदा हो गया, रहा न पैसा पास,
चंदा करना सीखिए, क्यों हो रहे उदास?
क्यों हो रहे उदास, बड़ा अनुभव है हमको,
चंदे के हथकंडे चंद बताएँ तुमको।

विद्यालय या नाम किसी गौशाला का लो,
अथवा 'विधवा आश्रम' की रसीद छपवा लो।

चंदे के बहुरूप हैं, कैसे करें बखान?
धौंस-धपाड़-लताड़ या वारफंड, अनुदान।
वारफंड, अनुदान, बिना माँगे ही जिसको,
चंदा होता प्राप्त, 'भेंट' कहते हैं उसको।
हाकिम-हुक्कामों द्वारा वसूल करवाना,
उस चंदे को दंड समझिए या जुर्माना।

चंदा लेने आ गया, घुटमुंडों का झुंड,
स्वामी जी हैं साथ में, शोभित तिलक-त्रिपुंड।
शोभित तिलक-त्रिपुंड, देखिए हिम्मत उनकी,
बोले नहीं, रसीद काट दी इक्यावन की।
धर्मध्वजियों ने डाला पॉकिट पर डाका,
कर देते यदि मना, नर्क में जाते 'काका'।

मंत्री जी के मान का बना रहे हैं प्लान,
अभिनंदन-वंदन करो, हो जाए कल्यान।
हो जाए कल्यान, अर्थ-सहयोग दीजिए,
इसके बदले इन्विटेशन स्वीकार कीजिए।
हाथ मिलाओ उनके साथ खिंचाओ फ़ोटो,
ड्रिंक, डिनर लेकर फिर आइसक्रीम सपोटे।

हों चुनाव गणतंत्र में, चमचे फूँकें मंत्र,
उच्च स्तर पर चल रहा चंदे का षड्यंत्र।

चंदे का षड्यंत्र, पकड़ आसामी मोटा,
अगर चीं-चपड़ करे, कैंसिल कर दो कोटा।
'काका' मुँहमाँगा पार्टी को दे दो चंदा,
फिर छुट्टी है तुम्हें, चलाओ गोरखधंदा।

अगर भाग्य से बन गई, 'उनकी' ही सरकार,
समझ लीजिए, बन गई सोने की दीवार।
सोने की दीवार, इशारा करें कृपालू,
बंद फैक्ट्री, दो दिन में हो जाए चालू।
कहँ काका कवि, जगर-मगर हों बंगले आफिस,
जितना चंदा दिया, दस गुना ले लो वापिस।

असली डाकू

ये डाकू तो सूक्ष्म हैं, क्या समझावें मोहि,
असली डाकू आयँ जब, तब मानूँगा तोहि।
तब मानूँगा तोहि, पकड़ सत्ता की टाँगें,
भोली जनता की छाती पर गोली दागें।
कहँ 'काका', हथियार डाल दें भ्रष्टाचारी,
इंदिरा मैया तब हो जयजयकार तुम्हारी।

चूहेदानी भर गई, चूहे पकड़े बीस,
पुनः दूसरे दिन वहीं, घूम रहे पच्चीस।
घूम रहे पच्चीस, प्रभू की अद्भुत माया,
ऋषि-मुनियों ने इसका समाधान नहिं पाया।
कहँ 'काका' कवि, गुरु रिटायर जब हो जाते,
चेला जी आकर उस गद्दी पर जम जाते।

काका के हँसगुल्ले

पढ़ चुके लतीफ़े सुन चुके चुटकुल्ले,
चखकर देखिए काका के हँसगुल्ले।

'अगला बच्चा अभी नहीं ....'
चली जाओ मायके आना प्रिये कभी नहीं।

'दो या तीन बच्चे ....'
आठ फिराक, बारह कच्छे।

'दो या तीन बस ....'
वोटरों को ले गए भरकर ठसाठस।

'हम दो हमारे दो ....'
एक के लिए मैं रोऊँ, एक के लिए तू रो।

'चाट गए चमचा चतुर, वोटर मारी चोट,
सभी भाड़ में झुक गए, दो नंबर के नोट।'

कुछ वोटों से हो गई, मंत्री जी की हार,
बिछुड़े साथी-संतरी, छूटी कोठी-कार।

राजनीति के रोग का, करवा रहे इलाज,
'इम्पाला' में घूमते, रिक्शे पर हैं आज।

सिंहासन पर बैठकर, क्या समझावै मोय?
घायल की गति घायल जाने और न जाने कोय।

आब गई आदर गया, नैनन गया सनेह,
अब कब वे दिन आएँ जब, कंचन बरसे मेह।

करजा वारे बानियाँ, तू क्यों घुड़कै मोहि?
सीट प्राप्त हो जान दे, तब देखूँगा तोहि।

अजगर करे न चाकरी, पंछी करे न काम,
भाग्यवाद का स्वाद ले, धंधा काम हराम।

नेताजी की यह परिभाषा,
जब लग स्वासा, तब लग आसा।

हिप्पी जी के शिप्पिन संग, चरस गांजा कोकिन भंग,
इन चारों में चारों धाम, हरे कृष्णा हरे राम।

मुफ़्तख़ोर

माल मुफ़्त दिल बेरहम, कैसे जान बचायँ?
जिधर देखिए उधर ही, मुफ़्तख़ोर मिल जायँ।
मुफ़्तख़ोर मिल जायँ, न्याय-दर्शन है कैसा?
इन पर लागू हो, कोई कानून न ऐसा।
यदि थोड़ी-सी भी उदारता आप दिखाएँ,
चीज़ भाड़ में गई, आपको भी ले जाएँ।

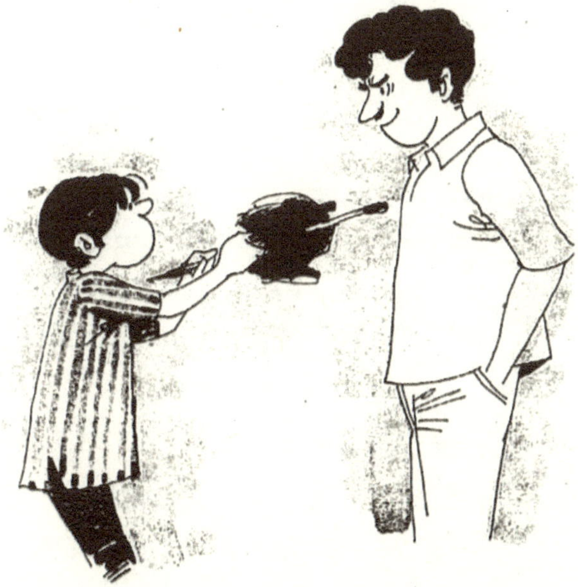

टैस्ट मैच जब चल रहा, आए प्रातःकाल,
ट्रांजिस्टर को ले गए, बाबू किरकिट लाल।
बाबू किरकिट लाल, माँगने पहुँचे जब हम,
कहने लगे कि यार बड़े बेसब्री हो तुम!

चीज़ ज़रा-सी, इतना शोर मचा रक्खा है,
कविता लिखिए आप, मैच में क्या रक्खा है।

काव्य-गोष्ठी जम रही, टपक रही थीं बूँद,
छाता लेकर चल दिए, प्रोफेसर अमरूद।
प्रोफेसर अमरूद, तकाजा भेजा घर पर,
'आप रात लाए थे वह छाता दे दो सर।'
जीभ हिलाई 'सर' ने लेकर एक उबासी,
अभी ले गया है उसका कल्लू चपरासी।

कल्लू खाँ कहने लगे, सुनिए बरखुरदार!
छाता हमसे ले गया, चुन्ना चौकीदार।
चुन्ना चौकीदार, हमारा सीना धड़का,
पता लगा–स्कूल ले गया उसका लड़का।
तान मोड़कर, मूँठ तोड़कर वापिस लाया,
फिर भी हमने छाता, छाती से चिपकाया।

सुबह डाकख़ाने गए, देने टेलीग्राम,
रोनी सूरत में मिले, मिस्टर मुफ़्तीराम।
मिस्टर मुफ़्तीराम, मर गई हैं माता जी,
तार लिखूँगा, ज़रा पैन देना काका जी!
शब्दों की शुमार में था जब ध्यान हमारा,
पैन जेब में खोंस, कर गए आप किनारा।

ले रक्खा है आपने घर पर टेलीफ़ोन,
मुफ़्तख़ोर बातें करें, साधे रहिए मौन।

साधे रहिए मौन, पड़ौसी धर्म निभाएँ,
आधी रात जगाकर, ट्रंककाल कर जाएँ।
पैसे माँगो तो 'काका' कंजूस कहाओ,
गाँठ कटाओ, अथवा टेलीफ़ोन कटाओ।

काका बैठे ट्रेन में, लेकर 'हिंदुस्तान,
उठा ले गए बर्थ से, उसे एक श्रीमान।
उसे एक श्रीमान, मुफ़्तख़ोरी में माहिर,
उनसे झपट ले गया कोई और मुसाफ़िर।
इससे उस पर, उससे उस पर, उससे उस पर,
ग़ायब था अख़बार, न जाने पहुँचा किस पर?

'फोकट' जी कहने लगे, चार पुस्तकें दाब,
हास्य-व्यंग में आपका 'काका' नहीं जवाब!
काका नहीं जवाब, इन्हें घर पर देखूँगा,
हल्ला मच जाए, वह आलोचना लिखूँगा।
आशावादी बने हुए हम टाप रहे हैं,
पत्र-पत्रिकाओं के पन्ने चाट रहे हैं।

तीन महीने बाद हम, पहुँचे उनके पास,
आलोचक जी व्यस्त थे, खेल रहे फल्लाश।
खेल रहे फल्लाश, देखकर बोले हमको,
ग़ज़ब हो गया काका! क्या बतलाए तुमको।
लगे हुए थे हम कविता की 'तुकबंदी में-
वाइफ ने पुस्तकें बेच डालीं रद्दी में'।

ज्ञानी गुनिजन कह गए, निज जीवन का सार,
पत्नी-पुस्तक-लेखनी, कभी न देउ उधार।
कभी न देउ उधार, नहीं वापिस आ पाएँ,
यदि आएँ भी तो खराब होकर के आएँ।
रक्षा संभव है, डाकू-बरजोर-चोर से,
लेकिन बहुत कठिन है, बचना मुफ़्तख़ोर से।

अब न किसी को देय कुछ, पक्का किया विचार,
साले का 'मनमाड' से मिला जवाबी तार।
मिला जवाबी तार, भेजिए जल्दी सिस्टर,
हमने उत्तर दिया, नहीं भेजेंगे मिस्टर।
'काकी' को दे दें उधार तो कैसे जीएँ,
जले दूध के, फूँक-फूँककर मट्ठा पीएँ।

बालक-बुद्धि

थे पिकनिक के मूड में, चुन्नू-पुन्नू यार,
चले नहाने झील में, कुरते दिए उतार।
कुरते दिए उतार, दृश्य यह देखा आकर,
आँधी, दोनों कुरतों को ले गई उड़ाकर।
चुन्नू बोला—बच्चों को भगवान बचाते,
पहिने होते कुरते तो हम भी उड़ जाते।

कर्मयोगी

राजनीति मत छोड़िए, जब लग घट में प्रान,
कबहू दीन दयाल के भनक परेगी कान।
भनक परेगी कान, समझिए मर्म धर्म का,
कोटा पूरा करना है प्रारब्ध-कर्म का।
'काका' कर संघर्ष कि जब तक दम में दम है,
संन्यासी से बड़ा 'कर्मयोगी' कलियुग में।

मस्त गृहस्थ

विधवाएँ क्यों बढ़ रहीं, क्या है इसका राज़?
दोषी हैं इसके लिए, अपने रीति-रिवाज।
अपने रीति-रिवाज, नीति यह कैसी भौंडी,
पति जी होकर वृद्ध ईश्वर के घर जाते,
बेगुनाह सन्नारी को विधवा कर जाते।

बदलो नियम समाज के, हों सबको हितकारि,
तीस वर्ष का युवक हो, तीस वर्ष की नारि।
तीस वर्ष की नारि, रहे जीवन-भर सधवा,
नर हो जाए विधुर, न होगी नारी विधवा।
सूरत-मूरत ऐसी हो जैसे चामुंडा,
छेड़ नहीं सकता, उसको कोई भी गुंडा।

रह सकती है अकेली, वह घर में दिन-रैन,
अम्मा जैसी नारि से, कौन लड़ाए नैन।
कौन लड़ाए नैन, सैक्स की चले न चर्चा,
बचे लिपस्टिक और क्रीम-पाउडर का ख़र्चा।
समझदार पति सुंदर पत्नी से घबराएँ,
रखवाला करने पर भी भँवरे भन्नाएँ।

और दूसरा फायदा नोट करें श्रीमान,
अधेड़ पत्नी के नहीं, अधिक होंय संतान।
अधिक होंय संतान, न समझो बात हँसी की,
नहीं लूप की चिंता और न नसबंदी की।
बच्चों के पालन-पोषण से राहत पाओ,
बिना ख़र्च परिवार-नियोजन सफल बनाओ।

उदय हुए जिस व्यक्ति के, जनम-ज़नम के पाप,
युवती पत्नी से बना, दस बच्चों का बाप।
दस बच्चों का बाप, दर-बदर ठोकर खाए,
कन्या की शादी को क़र्ज माँगने जाए।
कहँ 'काका' यदि चाहो कंपलीट आज़ादी,
क्वारे रहिए, या करिए बुढ़िया से शादी।

संसद में भिजवाएँगे 'काका' यह सब्जैक्ट,
नया एक्ट बनवाएँगे, तोड़ 'शारदा एक्ट'।
तोड़ शारदा एक्ट, करे सब घर पर काबू,
बड़ी बहू के बड़े भाग्य, होते हैं बाबू।
कहँ काका, शिक्षा विभाग में कर एप्लाई,
मिल जाएँ मिस बड़ी उमर की पढ़ी-पढ़ाई।

बेकारी से व्यर्थ ही घबरा रहे हजूर,
सर्विस वाली लाइए, होय ग़रीबी दूर।
होय ग़रीबी दूर, उन्हें भेजो दफ़्तर में,
चौका-बर्तन करो, खिलाओ बच्चे घर में।
बनकर पत्नीव्रती, सदा खुश रक्खो उनको,
चपरासी का पद दिलवा सकती हैं तुमको।

अमरीकन करते नहीं, नियमों की परवाह,
नवयुवकों से वहाँ पर, बुढ़िया करें विवाह।
बुढ़िया करें विवाह, नहीं निंदा से डरतीं,
दत्तक पुत्र की भाँति उसे अपने घर रखतीं।
कहँ 'काका', पाश्चात्य सभ्यता की यह ब्यूटी,
व्यक्ति एक, दे रहा पुत्र-पति दोनों ड्यूटी।

'सु' की सुराही

स्वामी सुतलीदास से बोले सुकवि सुजान,
सु से सुशोभित शब्द को सदा मिला सम्मान।
सदा मिला सम्मान, सु की महिमा है भारी,
किसी कुमारी से सुंदर लगती सुकुमारी।
मित्रानंदन का न हुआ, अब तक अभिनंदन,
'सु' की कृपा से वंदित हुए सुमित्रानंदन।

बेढंगे-बेडौल का उड़ता रहा मखौल,
लगे सुहाना सभी को, सुघड़ शरीर सुडौल।
सुघड़ शरीर सुडौल, रहे यूँ ही श्रीदामा,
कृष्णचंद्र से चरण धुलाए भक्त सुदामा।
बिगड़ जाएँ शुभ कार्य, अगर लग जाएँ भद्रा,
सु से प्रतिष्ठित हुई, कृष्ण की बहिन सुभद्रा।

सुबह सु की माला जपो, हाथ सुमरनी धारि,
मिले सुसुर की कृपा से, सुखद सुलोचनि नारि।
सुखद सुलोचनि नारि, रंग महफ़िल में छाए,
सुरा-सुराही संग सुभांषी साकी आए।
सुरपुर मध्य सुरेंद्र सु की सुषमा से चमके,
सुरमा से बूढ़ी आँखों में यौवन छलके।

सुखदायी हों सभी को, सुरभित सुमन-सुगंध,
अतिथि सुखी हो देखकर सुख-सुविधा-सुप्रबंध।
सुख-सुविधा-सुप्रबंध, सुहावत सुमुखि सुकेशी,
हैं सुदेश को हितकारी, सब वस्तु सुदेशी।

यद्यपि सिंधु विशाल, हुई सुप्रसिद्ध सरसरी,
दरी पद-दलित हुई, सु से बन गई सुंदरी।

सारंगी से अधिक है, सुरमंडल का मान,
वही सुगायक जानिए, शुद्ध लेय सुर-तान।
शुद्ध लेय सुर-तान, व्यर्थ है छैल-छबीला,
महफ़िल में वह जमे कि जिसका कंठ सुरीला।
सु से बनी सुसराल, सु को पहिचान अभागे,
फाइन डाउन हुआ सुपरफाइन के आगे।

कड़की होय कुनैन पर मीठे लगें सुनैन,
सु के सबब सुग्रीव को भाए वैद्य सुषेण।
भाए वैद्य सुषेण, ख्याति पाई जन-जन में,
छोड़ कुकर्म, सुकर्म किए जिसने जीवन में।
सुफल उन्हें ही मिला, चले जो सुजन सुपथ पर,
'सुब्रह्मण्यम' हुए प्रतिष्ठित मंत्री पद पर।

शहंशाह नामी हुए, सुलेमान-सुलतान,
पाया सुर्ख गुलाब ने नेहरू से सम्मान।
नेहरू से सम्मान, सु की है अद्‌भुत माया,
देख सुहासिन नर्स, सुन्न हो जाती काया।
सु से सुलह कर बने, सुखी-सुखिया-सुखकारी,
फीका है वह पान कि जिसमें नहीं सुपारी।

सुज्ञ-सुधीजन से सुने, हमने यह सुविचार,
जहाँ काम आवे सुई-कहा करे तलवार।

कहा करे तलवार, जग रहे या कि सो रहे,
सुखानंद जी सुरानंद में मगन हो रहे।
यह सिद्धांत फेमिली प्लानिंग का है सच्चा,
एक सुपुत्र, पाँच पुत्रों से होता अच्छा।

फेल नई कविता हुई, सफल सुगम्य-सुछंद,
नाक सड़े दुर्गंध से, सुखकर लगे सुगंध।
सुखकर लगे सुगंध, सुशिक्षित सुता सुहानी,
कागा से मीठी होती, सुग्गा की बानी।
धन्य सुरासुर विष्णु शिखर पर 'सु' को चढ़ाया,
ले 'वराह अवतार' सुअर का मान बढ़ाया।

कर्ण छिपे इतिहास में, नामी हुए सुकर्ण,
वर्ण उपेक्षित ही रहा, आगे बढ़ा सुवर्ण।
आगे बढ़ा सुवर्ण, सु से चमकाई माला,
जब सुनार ने इस पर तनिक सुहागा डाला।
सुन सुकाव्य यह बोले एक सुधारक चच्चा,
सौ दुष्टों से एक सुष्ट होता है अच्छा।

कंपोजीटर कह रहे, कहाँ करें अब खोज,
सु समाप्त सब हो गए, कैसे हो कंपोज?
कैसे हो कंपोज, हमारा सर चकराया,
हैं विचित्र काका कवि, सु का सुमेरु बनाया।
लंबी कविता पढ़कर, बोर हुए कवि 'राही',
बहुत हो गया, बंद कीजिए सु की सुराही।

चुंबन-चेतना

नमस्कार या नमस्ते का, अब क्या है अर्थ?
यह ढकोसला, 'खोसला', कर डालेंगे व्यर्थ।
कर डालेंगे व्यर्थ, साथ फ़िल्मों के चलिए,
चुंबन के माध्यम से ही अभिवादन करिए।
'काका' युवक-युवतियों में यह साहस भर दो,
न्यू लाइट से भस्म पुरानी पीढ़ी कर दो।

कलियुगी कुंडलियाँ

लल्लू-पल्लू पुज रहे, पंडित धक्के खाय,
बारह सौ की भैंस है, सौ रुपये की गाय।
सौ रुपए की गाय, प्रतिष्ठा बाढ़ी खर की,
घोड़े से तिगुनी कीमत होती खच्चर की।
सरस्वती पर हावी है लक्ष्मी का उल्लू,
विद्यालय के मैनेजर हैं लल्लू-पल्लू!

कुत्ता बैठा कार में, मानव माँगे भीख,
मिस्टर दुर्जन दे रहे सज्जनमल को सीख।
सज्जनमल को सीख, दिल्लगी अच्छी-खासी,
बगुला के बंगले पर हंसराज चपरासी।
हिंदी को प्रोत्साहन दे किसका बलबुत्ता?
भौंक रहा इंगलिश में, मंत्री जी का कुत्ता।

मौत की तारीख

गंगोत्री-यात्रा में हमारा भाग्य जागा,
मिल गए एक दाढ़ी वाले बाबा।
गंगाजल पीते, कंद-मूल-फल खाते,
किसकी मृत्यु कब होगी?
मस्तक-रेखा देखकर बताते।
हमने दस दिन भरी उनकी चिलम
उड़ाकर ले आए यह इलम।

प्रत्येक प्राणी के मस्तक पर अंकित है
जीवन-मृत्यु का विधि-विधान
उसे पढ़नेवाला चाहिए श्रीमान्!
सबको मालूम हो जाए अपनी मृत्यु-तिथि
तो कैसे परिवर्तन होंगे क्रांतिकारी
इस पर चक्कर काटने लगी अक्कल हमारी।

परिचय के लिए
आजकल प्रश्न करते हैं–
'आपकी तारीफ?'
भविष्य में पूछा करेंगे–
सर्विस की अर्जियों पर
तभी होगा विचार
जन्म-तिथि के साथ मृत्यु-तिथि भी
अंकित करेगा उम्मीदवार।

विवाह के लिए वही जोड़े समझे जाएँगे नेक,
वर-वधू की 'एक्सपायर-डेट' होगी एक।
दोनों साथ-साथ प्रयाण करेंगे यमपुर,
न कोई विधवा होगी, न कोई विधुर।

निर्धारित हो जाएगी जीने की सीमा,
फिर कौन स्वीकारेगा जीवन-बीमा?
कर्मचारियों को हटा देगी गवर्नमेंट
पकौड़ियाँ बेचेंगे बीमा-एजेंट
मरीज सोचेगा, हम तो कल मरेंगे ही मरेंगे,
फिर डाक्टर को दिखाकर क्या करेंगे?

कोई विशिष्ट नेता मरेगा,
तो विदाई-समारोह हुआ करेगा।

वादी को मालूम हो कि वह
प्रतिवादी से पहले मर जाएगा,
तो मुकदमेबाज़ी का कष्ट क्यों उठाएगा?
वकील-बैरिस्टर-जजों को
जीने के लाले पड़ जाएँगे,
अदालतों में ताले पड़ जाएँगे।

इसलिए–
अभी हम किसी को
मृत्यु-तिथि बताएँगे नहीं
यह जोखिम उठाएँगे नहीं।
पूछनेवाले खड़ा कर देंगे हंगामा,
मीलों लंबा लग जाएगा 'क्यू'
'पहले मैं.... पीछे तू'
लाठीचार्ज, आँसू गैस, धक्कमधक्का, रेलमपेल,
मिलिट्री का प्रबंध भी हो जाएगा फेल।
इस मसले पर अभी रिसर्च कर रहे हैं
कोई जल्दबाज़ हमसे पूछे, आप कब मर रहे हैं
तो लीजिए, बताते हैं
देखते हैं कौन-कौन आते हैं
देने के लिए 'काका' को फेअरवेल,
हमारी तारीख है
'फर्स्ट अप्रैल'।

कवियों की पंक्तियाँ
श्रोताओं की फब्तियाँ

❑ कारवाँ गुजर गया, गुबार देखते रहे ... (नीरज)
(तो हम क्या करें, टाइम पर क्यों नहीं आए आप?)
❑ जी हाँ हुजूर! मैं गीत बेचता हूँ ...(भ॰प्र॰मिश्र)
(बेचिए जरूर, लेकिन बिक्रीकर का लाइसेंस ले लीजिए हुजूर)
❑ जाओ, पर संध्या के संग लौट आना तुम ...
(सोम ठाकुर)
(शंध्यारानी तो शूटिंग पर गई हैं शोम शाहेब)
❑ भगवान मुझे तुम साली दो ... (गो॰प्र॰व्यास)
(क्या करोगे? एक ही बहुत है गुरू)
❑ वियोगी होगा पहिला कवि ... (सु॰नंदन 'पंत')
(वियोगी हरि से पहिले भी कई कवि हो चुके हैं जी)
❑ मशाल जलाओ, बड़ा अँधेरा है .. (शि॰मं॰सुमन)
(ब्लैकआउट है सुमनजी)
❑ प्रिय, एक बार तुम आ जाओ
तो आँचल भर सुहाग ओढ़ूँ ... (माया)
(वे नहीं आएँगे, ओढ़ने को कंबल भेज दिया है)
❑ इस पार प्रिये मधु है, तुम हो,
उस पार न जाने क्या होगा ... (बच्चन)
(बुढ़ापा होगा, और क्या होएगा।)
❑ चल गई ... (शैल चतुर्वेदी)
(अब बंद करो चलाना, वरना
जो थोड़े-बहुत रह गए हैं, वे भी झड़ जाएँगे)

❑ तुम्हारी कसम मैं तुम्हारा ही हूँ ... ('रंग')
(आप हुए ही किसके हैं, श्रीमन)

❑ दरवाजा बंद किया, खिड़की को खोल लिया
(त्यागी)
(आपसे और क्या अपेक्षा की जा सकती थी)

❑ मेरी नींद चुराने वाले, जा
तुझको भी नींद न आए ... (भारतभूषण)
(नींद की गोलियाँ खा लेगा तो क्या कर लोगे?)

❑ सो न सका कल याद तुम्हारी आई सारी रात ...
(रमानाथ अवस्थी)
(अनिद्रा रोग में ऐसा ही होता है तात)

❑ नक्शे पर से नाम मिटा दो,
पापी पाकिस्तान का ... (बालकवि बैरागी)
(जितना बच रहा है, उतना तो छोड़ दो बेचारे पर)

❑ सो जा बेटा सो जा,
ऐसी कोई बात नहीं है ... (देवराज दिनेश)
(बात कैसे नहीं है, मुझे सब मालूम है डैडी)

❑ मैं इसीलिए नित बनाती हूँ ... (स्नेहलता)
(कवि सम्मेलनों के मिले निमंत्रण नित्य)

❑ मेरे देश को बचा लो,
मेरे प्राण ले लो, रे (संतोषानंद)
(ओए, की करना है प्राण, मैनूं तो कविता सुणा दे कबीराज)

स्वास्थ्य-विज्ञान की उल्टी गंगा

1-कब्ज व दुर्बलता

वैद्य-डाक्टर को कभी, मत दिखलाओ नब्ज,
ठूँस-ठूँस कर खाइए, भाग जायगी कब्ज।
भाग जायगी कब्ज, बढ़े दिन-दूनी चरबी,
खाउ उर्द की दाल, मिलाकर भिंडी-अरबी।
कहँ 'काका' कवि रोज़ रात को रबड़ी चाटो,
जियो सवा सौ वर्ष, मौज में जीवन काटो।

2-हैजा व जूड़ी

हैजा जब हो जाय तो खाओ ककड़ी-फूट,
यदि मर जाओ तो मुझे, कर देना तुम 'शूट'।
कर देना तुम 'शूट', कूटकर सूखी पूड़ी,
तीन दिनों तक खाय, भाग जाएगी जूड़ी।
कहँ 'काका' कविराय, कँपकँपी आए तन में,
कर कुनैन का कीर्तन, प्यारे मन-ही-मन में।

3-बुखार

लंघन कबहुँ न कीजिए, जो आजाय बुखार,
खाकर देखो, तेल की गरम कचौड़ी चार।
गरम कचौड़ी चार, दूर हो सर्दी-बादी,
इतने पर भी यदि बुखार हो जाए म्यादी।
कहँ 'काका' कविराय, माँगकर लाओ मट्ठा,
हट्टा-कट्टा बनो रायता पीकर खट्टा।

4–जुकाम

पिन्न-पिन्न हो नाक में, सर में होवे दर्द,
सुंदर नारी देखकर, आहें भरिए सर्द।
आहें भरिए सर्द, अगर पड़ जाएँ चप्पल,
सब जुकाम झड़ जाय, ठीक हो जाए अक्कल।
कहँ 'काका' कविराय, व्यर्थ हैं मिच-बताशा,
यह नुस्खा अजमाय, देखिए नया तमाशा।

5–निमोनिया

छाती के जिस भाग में होती होवे पीर,
उसी जगह चिपकाइए 'टुनटुन' की तस्वीर।
टुनटुन की तस्वीर, रोग सब होवे ठंडा,
क्लब में जाकर खेल मजे से गिल्ली-डंडा।
कहँ 'काका' कविराय, तरक्की करते जाओ,
बनकर प्रेमी, प्याले पर प्याला लुढ़काओ।

6–पायोरिया

गर्म-गर्म भोजन करो, निगल जाउ झटपट्ट,
उसके ऊपर बर्फ का पानी पी गरगट्ट।
पानी पी गरगट्ट, अहिंसा-व्रत जो धारें,
मंजन करके मुख-कीटों को कभी न मारें।
कहँ 'काका', कुछ दाँत गिर पड़ें तो क्या हानी,
लाखों रुपए कमा गया 'भूडो-अडवानी'।

7-नकसीर

अगर आपकी नाक से चले बराबर खून,
गरमागरम चबाइए मूँगफली को भून।
मूँगफली को भून, जून में कभी न न्हाओ,
काया को छह घंटे दिन में धूप दिखाओ।
कहँ 'काका' कवि, यह औषधि है सबसे पक्की,
शीघ्र ठिकाने पर आ जाती इससे नक्की।

8-नेत्र-रोग

नेत्र-रोग के विषय में, शास्त्रों का यह लेख,
जेब काटकर बाप की, नित्य सिनेमा देख।
नित्य सिनेमा देख, एक हो जाए कानी,
एक आँख से देख, नहीं इसमें कुछ हानी।
कहँ 'काका', यदि बिलकुल ही हो जाए अंधा,
हो भवसागर-पार, पकड़ 'प्रेयसि' का कंधा।

9-टी॰बी॰

कफ-खाँसी के रोग में, खाउ खटाई-तेल,
रमणपुरी में पहुँचकर, दंड रात-भर पेल।
दंड रात-भर पेल, सुबह के दस बज जाएँ,
लात मार, जो इससे पहले तुझे जगाएँ।
कहँ 'काका' कविराय, सुनो बाबू की बीबी,
दे दो उन्हें तलाक, अगर हो जाए टी॰बी॰।

10-अग्निमान्द्य

अग्निमान्द्य हो जाय तो, खा कच्चे अमरूद,
दोनों मुट्ठी बाँधकर छह फुट ऊँचा कूद।
छह फुट ऊँचा कूद, एक दर्जन ला केला,
धीरे-धीरे निगल बैठकर आप अकेला।
कहँ 'काका' कवि, इस युक्ती से पेटू राजा,
अग्नि इस कदर बढ़े कि चाहे जिसको खा जा।

11-सन्निपात

सन्निपात हो जाय तो होना नहीं अधीर,
मालपुआ से खाइए, लगा-लगाकर खीर।
लगा-लगाकर खीर, वायु के आएँ झटके,
जो भी आए पास, उसे पीटो बेखटके।
कहँ 'काका' कवि, छुट्टी है, चाहे जो तू खा,
मरना ही है, तो फिर क्यों मरता है भूखा?

12-पेट-गति

या अनुरागी पेट की, गति समुझे नहिं कोय,
जेतौ भोजन डारिए, तेतौ ऊँचौ होय।
तेतौ ऊँचौ होय, फूलकर होवे तंबू,
हाथ फेरकर मुख से बोलो 'हर-हर शंभू'।
कहँ 'काका', ऐसी डकार आएगी फौरन,
लारी ओवरलोड दे रही जैसे हौरन।

चले जाउ ससुराल

1

काल खाय, सो आज खा, आज खाय सो अब्ब,
गेहूँ महँगे हो गए, फेरि खायगा कब्ब?
फेरि खायगा कब्ब, अरे मूरख अज्ञानी,
जल्दी-जल्दी खा, दुनिया दो दिन की फानी।
कहँ 'काका', भरपेट करो फिर चोर-बजारी,
पाप होंय सब दूर, भजो राधे-गिरधारी।

2

जब अपने घर का सभी चाट चुको धन-माल,
कुछ दिन चरने के लिए, चले जाउ ससुराल।
चले जाउ ससुराल, फेंक ऐसे हथकंडे,
सास-ससुर दोनों जल्दी हो जाएँ ठंडे।
कहँ 'काका' कविराय, लगा बाहर से ताला,
होजा अंतर्धान, बाँध सब टाला-माला।

3

'काका' या संसार में, व्यर्थ राम का नाम,
नोट जेब में होंय तो, बन जाएँ सब काम।
बनजाएँ सब काम, करेगी क्या महँगाई,
महँगाई को ठोकर मारे रिश्वत माई।
कहँ 'काका' कविराय, यही दुनिया में सारम्,
सब झंझट को छोड़, भजो भैया! कलदारम्।

4

पढ़-पढ़कर पत्थर भए, गुन-गुन होंगे क्रूर,
छः सौ तनखा मिल रही, बनजा मिल-मजदूर।
बनजा मिल मजदूर, मास्टरी में क्या रक्खा?
भूखा रहकर जीवन-भर खाएगा धक्का।
कहँ 'काका' कविराय, हो गए काजी पाजी,
पढ़ा-लिखाकर हमें, कर गए भूल पिताजी!

काका की ऊँटगाड़ी

(स्वतंत्रता-प्राप्ति के दिन 15 अगस्त 1947 को तिरंगे झंडों से सुसज्जित 'काका की ऊँटगाड़ी' कांग्रेस के विशाल जुलूस के साथ निकली थी; उस पर राष्ट्रीय रिकार्ड बज रहे थे और निम्नलिखित फुलझड़ियों की पर्चियाँ बाँटी जा रही थीं।)

1

मारग में से हट गया, जब अँग्रेज़ी ठूँठ,
आज़ादी को लादकर लाया मेरा ऊँट।
लाया मेरा ऊँट, बैठ गाड़ी में जाओ,
अमरीकन अंगरेज़! सामने से हट जाओ!
कहँ 'काका' कविराय, ध्यान से देखो भइया,
झंडे वाला चक्र, ऊँटगाड़ी का पहिया।

2

पंद्रहवीं तारीख से हुआ ऊँट आज़ाद,
अँग्रेज़ों की साहबी कर डाली बरबाद।
कर डाली बरबाद, घुमाते थे जो डंडा,
अपने हाथों लगा रहे थाने पर झंडा।

कहँ 'काका' कवि, कोतवाल के साथ सिपंगा,
घूम रहे हैं लगा-लगाकर बैज तिरंगा।

3

कहा कहूँ छवि आपकी, मेरे ऊँट हुजूर,
लंबी-लंबी टाँग हैं, जैसे पेड़ खजूर।
जैसे पेड़ खजूर, सुहावत रूप अनूपा,
ऊँटनी के पतिदेव, गधा के लगते फूफा।
कहँ 'काका' कविराय, सुघर गर्दन का ढाँचा,
बारंबार प्रणाम, लेउ! हाथी के चाचा।

4

गवरमेंट को चाहिए, उन्हें भेज दे जेल,
जिन लोगों ने आपके, डाली नाक नकेल।
डाली नाक नकेल, एक प्रस्ताव बनाऊँ,
रख संसद में फौरन उसे पास करवाऊँ।
कहँ 'काका', जो व्यक्ति रहट में ऊँट चलाए,
तीन साल की सख़्त सजा उसको दी जाए।

5

धन्य-धन्य श्री ऊँट जी! मारवाड़ के हंस,
लंबाई का मिल गया, ईश्वर से लैसंस।
ईश्वर से लैसंस, त्याग का पाठ पढ़ाते,
मीठा हमको छोड़, नीम कड़वा तुम खाते।
कहँ 'काका' कवि, आज तुम्हें मिष्ठान्न खिलाऊँ,
पेड़ा-खुरचन बालूशाई लेकर आऊँ।

6

स्वतंत्रता की खुशी में, झंडा दिया लगाय,
मीठी प्याऊ के लिए परमिट लिया मँगाय।
परमिट लिया मँगाय, सुगर की चारों बोरी,
दई ब्लैक में बेच, नहीं इसमें कुछ चोरी।
कहँ 'काका' कविराय, मौज कर रहा हिलंदा,
'आजादी' में पनप रहा है काला धंधा।

निमंत्रण और परोसा

(जब दावतों पर प्रतिबंध था)

1

बलिहारी जा समय की, कैसे पाएँ पार,
अब लल्लू के ब्याह की, करनी है ज्यौनार।
करनी है ज्यौनार, उधर राशन का हल्ला,
डर लगता है, लग न जाय कोई पुंछल्ला।
कहँ 'काका' कविराय, बुद्धि अपनी चकराई,
दावत पर कंट्रोल, जान आफत में आई।

2

भोजन करके मित्र सब, होंगे अंतर्धान,
'काका' कवि को पकड़कर, ले जाएँ शैतान।
ले जाएँ शैतान, सुने नहिं कोई विनती,
बैठे-बैठे गिनें जेल में उल्टी गिनती।

कहँ 'काका' कविराय, किस तरह पीछा छूटे,
आसानी से साँप मरे, नहिं लाठी टूटे।

3

एक मित्र कहने लगे, बात बीच में काट,
सबसे अच्छी आजकल, है आलू की चाट।
है आलू की चाट, मटर की करो पकौड़ी,
शकरकंद के आटे की बन जाएँ कचौड़ी।
सुन 'काका' कविराय, कह रहा काछी कलुआ,
धकापेल बनवाओ तुम गाजर का हलुआ।

4

पंडित जी समझा रहे, सब पोथों का सार,
इकादशी के दिन करो तुम निशंक ज्यौनार।
तुम निशंक ज्यौनार कि जितने न्यौते जाएँ,
उस दिन भोजन करने को, आधे ही आएँ।
सुन 'काका' कविराय, होंय सबको अनुकूला,
बाँट तश्तरी भर-भर के कूटू के फूला।

5

बाबू जी ने राय दी, बैठी अपने घर्र,
दो-दो रुपये के करो, सबको मनिआडर्र।
सबको मनीआडर्र, चहें राशन ले आओ,
अथवा चटनी लगा-लगा कर नोट चबाओ।
हे 'काका' कविराय, काम यह सबसे अच्छा,
कूदे-कूदे फिरें सभी बूढ़े अरु बच्चा।

6

तरह-तरह की बात सुन, बंद कर लिए कान,
नई योजना सोच ली, काम हुआ आसान।
काम हुआ आसान, शीघ्र ही अर्जी दीनी,
खांड खा गए सांड, मिल गई हमको चीनी।
कहँ 'काका' कविराय, सुनो भैया हलवाई,
करके फाटक बंद, बना दो पाँच मिठाई।

7

डिब्बे में मिष्ठान्न भर, धरो कचौड़ी आठ,
पैकबंद तैयार है, प्रीतिभोज का ठाठ।
प्रीतिभोज का ठाठ, पेट के कर दो अर्पण,
खाली डिब्बा देवीजी को करो समर्पण।
कहँ 'काका', श्रीमान! आपका पूर्ण भरोसा,
कर लेंगे स्वीकार निमंत्रण और परोसा।

8

एक सूचना दे रहे, हम तुमको अरजेंट,
डिब्बे में हो जाय यदि, कोई एक्सीडेंट।
कोई एक्सीडेंट, मचाना मत हू-हल्ला,
चिपट गया हो अगर इमरती से रसगुल्ला।
कहँ 'काका' कविराय, अचंभा क्या है भाई,
मिस्टर लड्डू को दबोच ले बालूशाई।

छापा

(जब कई नगरों में एक ही दिन, एक ही समय ब्लैकिस्टों पर भ्रष्टाचार-निरोधक विभाग द्वारा छापा मारा गया था।)

कपड़े के स्टाक की, जल्दी करो टटोल,
बड़ा भयंकर आ रहा, चाचाजी कंट्रोल।
चाचा जी कंट्रोल, बेचकर कर लो कौड़ा,
वरना 'गवरमेंट' का बजने लगे हथौड़ा।
कहँ 'काका' कविराय, फजीता होगा भारी,
चाचा झाऊलाल! मान लो बात हमारी।

काहे को घबरा रहा, बेटा खाऊलाल?
कच्ची गोली के नहीं, चाचा झाऊलाल।
चाचा झाऊलाल, कहाँ रक्खी है ताली?
चल जल्दी से खोल कोठरी ईंधन वाली।
कहँ 'काका' कविराय, फूट नहिं जाए भंडा,
नीचे फाइन माल, लगा दे ऊपर कंडा।

अब तक के व्यापार में रक्खा था क्या सार?
माल रोककर बेचना, होंय एक के चार।
होंय एक के चार, मुनाफ़ा लंबा खाऊँ,
तीन महीने की मुद्दत में रकम बनाऊँ।
कहँ 'काका' कविराय, बात इतनी हो पाई,
इतने ही में दो दर्जन आ गए सिपाई।

कपड़े के बाज़ार में, दीखें पगड़ी लाल,
नाकेबंदी हो गई, सील कर दिया माल।

सील कर दिया माल, लगा बाहर से ताला,
सीधे घर को चले, बगीचा गए न लाला।
कहँ 'काका' कविराय, जन्मपत्री दिखलाई,
पंडित जी ने गिरह दशा खोटी बतलाई।

मोटा और पतला

क्या सुंदर जोड़ी बनी, तू पलीत मैं जिंद,
डर के मारे कर रहे, 'काका' कवि 'जयहिंद'।
'काका' कवि 'जयहिंद', कहे पतले से मोटा,
मैं तेरा सरदार मूर्ख तू मुझसे छोटा।
कहँ 'काका' कविराय, लीजिए छिड़ी लड़ाई,
मोटे-पतले सभी ध्यान से सुनना भाई!

मोटा

मैं नित रसगुल्ला भखूँ, तू पतली-सी दाल,
पिचक गए हैं इसलिए तेरे दोनों गाल।
तेरे दोनों गाल, लग रहा ऐसा बदतर,
मोटर के नीचे जैसे आ जाय कनस्तर।
कहँ 'काका' कविराय, शक्ल हैं पिचकी-पिचकी,
ऊपर यदि गिर पड़ूँ, लगेगा लेने हिचकी।

पतला

तुमको कोई रोग है, फूल गया जो गात,
सूजन कैसे आ गई, समझा दे यह बात?

समझा दे यह बात, ततैया ने है काटा!
बतलादे किस चक्की का खाया है आटा?
कहँ 'काका' कविराय, तोंद फूली है भारी,
ऐसा मालूम होय, जलोदर की बीमारी।

इससे आगे और सुन अख़बारी मजमून,
बना रही है रेलवे, एक नया कानून।
एक नया कानून, तुलेंगी सभी सवारी,
डबल किराया लगे, वजन में हो जो भारी।
कहँ 'काका', सब पतले गाड़ी में चढ़ जाएँ,
मोटे-मोटे प्लेटफार्म पर ही रह जाएँ।

अड्डे पर जब पहुँचते, लाला मोटेचंद,
कर लेता बस-ड्राइवर, खिड़की अपनी बंद।
खिड़की अपनी बंद, वजन में सबसे भारी,
इसीलिए तो पंचर हो जाती है लारी।
कहँ 'काका' कविराय, ऊँटगाड़ी में जाएँ,
पहिए 'चूँ-चूँ' करें, ऊँट को मिरगी आएँ।

मोटा

अजगर करे न चाकरी, पंछी करे न काम,
पूज्य पिताजी कह गए, कर बेटा आराम।
कर बेटा आराम, यही है तेरा धंधा,
सेल्सटैक्स को चाट-चाट कर बनो पुलंदा।
कहँ 'काका' कविराय, टहलने कभी न जाऊँ,
चूरन-चटनी द्वारा पाचन-शक्ति बढ़ाऊँ।

पतला

तुझको कुछ मालूम है, रे मिट्टी के ढीम!
जीत गई इंगलैंड से, हिंदुस्तान की टीम।
हिंदुस्तान की टीम, छरहरे सभी खिलाड़ी,
मोटे-मोटे गोरे सब रह गए पिछाड़ी।
कहँ 'काका' कविराय, समझ में कैसे आए,
काया के ही साथ बुद्धि मोटी हो जाए।

धर्म भावना आई है!

जीवन दो दिन का मेला है,
मैं नया एक व्यापार करूँ,
पापा तो मेरे वैष्णव थे,
मैं जैन-धर्म स्वीकार करूँ।
हे महावीर स्वामी! मुझसे,
सेवा चाहे जो ले लेना,
पर रात्रि-समय में भोजन का,
परमिट 'काका' को दे देना।

इतना विश्वास दिलाता हूँ,
रत्ती-भर अन्न न खाऊँगा,
दिन छिपते ही मैं कलाकंद
औ' रसगुल्ला ले आऊँगा।
इन चीज़ों से सूखे गालों पर
आ जाती चिकनाई है,
—मन में कुछ ऐसी आई है।

मैं किसी जीव को जीवन-भर,
किंचित भी नहीं सताऊँगा,
मच्छर को नमस्कार करके,
खटमल के चरण दबाऊँगा।
मोटर से हिंसा होती है,
तो तांगा एक बनाऊँगा,
घोड़े को उसमें बैठाकर,
मैं ताँगे में जुत जाऊँगा।

मेढक मामा, चूहा चाचा,
मकड़ी को मानूगा मैया,
थैली अरु मानपत्र दूँगा,
जब आएँगे भिनगा भैया।
यदि कभी नाक की कुर्सी पर,
मिस मक्खी आकर डट जाए,
है उसे उड़ाना महापाप,
यह नाक भले ही कट जाए।
परिभाषा सत्य-अहिंसा की,
मुझको तो यही बताई है,
—मन में कुछ ऐसी आई है।

मदिरा की जगह भंग पीऊँ,
मधु से ना हाथ लगाऊँगा,
औषधि खाने के लिए नाथ!
गुड़ का शीरा ले आऊँगा।
मालुम है मुझको, जैन-ग्रंथ
बाईस अभक्ष्य बतलाते हैं,

लेकिन श्री पद्‌मचंद जैनी,
तेईस वस्तु भख जाते हैं।

जब गरम पटेटू आलू का,
मेरे सम्मुख आ जाएगा,
मैं उसका तिरस्कार कर दूँ,
तो हार्ट फेल हो जाएगा।
बाबू हलवाई चौराहे पर,
काजी-बड़े बनाता है,
दिल पर पत्थर रख लेता हूँ,
मुँह में पानी भर आता है।

हे सन्मति, हे अतिवीर-धीर!
मैं बिन खाए ही मर जाऊँ,
तो ऐसी टिकट बना देना,
पावापुर जाकर तर जाऊँ।
कुछ छिपे हुए विद्वानों ने,
यह युक्ति हमें बतलाई है,
—मन में कुछ ऐसी आई है।

कुरता काव्य

प्रिय! सावधान होकर सुनना,
कुरते की कथा सुनाता हूँ,
या इसी बहाने आज मित्र!
निज उर की व्यथा सुनाता हूँ।
है याद, कभी भारतवासी,
खद्दर की पूजा करते थे,
खद्दर के कुरते में सचमुच,
नर नहीं, देवता लगते थे।

अब युग बदला, कुरता बदला,
कुरते वाले भी बदल गए,
कुरते में घुसते जाते हैं,
अवसरवादी ठग नए-नए।
कुरते की माया मत पूछो, तुम
कुरता पहन निकल जाओ,
चुपचाप मिनिस्टर से मिलकर,
पीले पर लाल करा लाओ।

हम देख रहे हैं, कांग्रेस का
शासन जबसे आया है,
साहब के कोट-पैंट पर, इस
कुरते ने रौब जमाया है।
अब तो कुरते से अच्छे-अच्छे,
अफसर भी चकराते हैं,

खद्दर के कुरते से 'काका', वे
उठकर हाथ मिलाते हैं।

कुरते को एक किला समझो,
इस पर न आक्रमण होता है,
कुरते में घुसकर कुरते वाला,
कुंभकरण-सा सोता है।
जिनके घर कभी न आटा था, वे
चमचम चाटा करते हैं,
जो सदा कर्ज से दबे रहे,
अब किश्तें बाँटा करते हैं।

जब उनके कुरते के ऊपर,
नेहरू-जाकिट चढ़ जाती है,
बस उसी समय बारह अंगुल,
बुद्धि आगे बढ़ जाती है।
नरमी का कुरता, नेता की
आवाज़ नरम कर देता है,
लेकिन अंदर-ही-अंदर यह,
माइंड गरम कर देता है।

जब टेढ़ी गांधी-कैप लगा,
सप्लाई-आफिस जाते थे,
सीमेंट, तेल या चीनी का,
परमिट घर को ले आते थे।
तुम अंधकार में रहते हो, मिट्टी
का तेल नहीं मिलता,

उनके घर बिजली चमक रही,
इस कारण मेल नहीं मिलता।

गांधी बाबा के जाते ही,
क्या खूब ज़माना आया है,
इस खद्दर के कुरते में भी,
अब भ्रष्टाचार समाया है।
कुरते वालो! कुछ सोचो तो
कुरते का मत अपमान करो,
यह कुरता तुम्हें कुतर डालेगा,
इसका भी कुछ ध्यान करो।

रिश्वत की कीलों में 'काका',
यदि उलझ जाएगा यह कुरता,
कुरते वाले, हो सावधान!
बन जाएगा तेरा भुरता।
कुछ दिन में ही इस 'कुरते' से,
'रा' अक्षर उड़ने वाला है,
बचके रहना अब 'कुरता' से यह
'कुत्ता' बनने वाला है।

पहले जब कभी हाथरस में,
खद्दर का कुरता आता था,
'नेता आए, लीडर आए'–
ऐसा हल्ला मच जाता था।
पर अब तो देख रहे हो तुम,
घर-घर में कुरते जितने हैं,

कवि-सम्मेलन में ही मित्रो!
गिन-गिनकर देखो, कितने हैं।

'काका' ने अब यह सोचा है,
फिनले का थान मँगाएँगे,
खद्दर तो अब बदनाम हुई,
हम मलमल का सिलवाएँगे।
जब मेरे कुरते के नीचे,
सैंडो बनियाइन चमकेगी,
जैसे साड़ी के अंदर से
चमकीली चोली दमकेगी।

आधी भीतर, आधी बाहर,
ज़ंजीर एक लटकाऊँगा।
तुम 'जैगोपाल' करोगे,
मैं केवल आँखें मटकाऊँगा।
दो घंटे रोज़ाना सर पर,
साबुन रगड़ूँगा 'टाटा' का,
इस तरह खोपड़ी चमकेगी,
ज्यों चमके जूता 'बाटा' का।

मुखमंडल के इस फाटक में,
फिर हवा पंप से भर लूँगा,
रूखे-सूखे पिचके गालों को,
टायर-जैसे कर लूँगा।
इस ठाट-बाट से सजधज कर
जब निकलेगी मेरी मोटर,

तब एम॰एल॰ए॰ बनने को मिल
जाएँगे लाखों वोटर।

होता है संपूर्ण यह 'कुरता-काव्य' महान,
खादी का कुरता पहन, करलो अभ्युत्थान।
सियावर रामचंद्र की जै!

अवसरवादी

खद्दर की लेके चद्दर, इठलाके चल रहे हैं,
दीपक की जगह घर में, अब बल्ब जल रहे हैं।

पहले तो रोटियों के भी पड़ रहे थे लाले,
अब सब कुटुंब वाले, इनसे ही पल रहे हैं।

मैला फटा पजामा, महिनों घसीटते थे,
अब तीन बार दिन में, कपड़े बदल रहे हैं।

दिन काटते थे चाचा, सूखे चने चबाकर,
बेटा बदाम का अब, हलुआ निगल रहे हैं।

वह भी था इक ज़माना, बेकार घूमते थे,
अब कार की सीटों पर, 'काका' उछल रहे हैं।

हमने कहा, 'महाशय! इस देगची में क्या है?
बोले कि कुछ नहीं जी, अंडे उबल रहे हैं।

स्वतंत्रता का लाभ उठाओ!

होटल में जाकर यों बोला,
मैनेजर से भोलू भंगी,
लाओ, टेबिल जल्द सजाओ,
राज हमें दे गया फिरंगी।
मंदिर में प्रवेश कर बोला,
पंडितजी परदा सरकाओ,
गृहिणी ने भेजे हैं लड्डू,
जल्दी इनका भोग लगाओ।
टुकुर-टुकुर क्या ताक रहे हो?
मैं भी खाऊँ, तुम भी खाओ।
—स्वतंत्रता का लाभ उठाओ।

थर्डक्लास की टिकिट खरीदो,
फर्स्टक्लास में बैठो चाचा,
कोई तुमसे आँख मिलाए,
मारो उसके एक तमाचा।
आता हो यदि टी॰टी॰आई॰
खर्राटे लेकर सो जाओ,
अथवा शौचालय में घुसकर,
अंदर से चटखनी लगाओ।
—स्वतंत्रता का लाभ उठाओ।

नित्य सिनेमा देखो मिस्टर,
यह दुनिया है आनी-जानी,

पूरी बोतल पीकर बैठो,
करो छेड़खानी मनमानी।
सिर पर चप्पल पड़ जाएँ तो,
टोपी झाड़ो, घर आ जाओ,
—स्वतंत्रता का लाभ उठाओ।

मंत्रीजी का देखो बँगला,
गमला में बोई है मक्का,
अपने घर का आँगन सूना,
काकी को समझाते कक्का।
आओ रानी! हम-तुम मिलकर,
खुरपा से अपना घर खोदें,
भारत की प्रसिद्ध तरकारी,
इसमें 'फूट' कचरिया बो दें।
सब्जी खाने को मन चाहे,
केवल उसका छिलका खाओ,
भीतर जो गूदा निकले वह,
फूड-मिनिस्टर को दे आओ।
—स्वतंत्रता का लाभ उठाओ।

आज़ादी की सांसें खींचो,
पानी पी-पीकर दिन काटो,
मूँगफली की खली मिलाकर,
शकरकंद का आटा चाटो।
एक पोस्टर मैं चिपकाऊँ,
एक पोस्टर तुम लटकाओ,

गली-गली मारें किलकारी,
'अन्न बचाओ, अन्न बचाओ।'
—स्वतंत्रता का लाभ उठाओ।

जाने क्या होना है, देवी!
खद्दर महँगी, रेशम महँगा,
थान घासिया का लाकर मैं,
बनवाऊँगा तुमको लहँगा।
उसी टाट का मेरा कुरता,
उसी टाट का बने लँगोटा,
खद्दर का आसन हिल जाए,
करूँ खोपड़ी घोटम-घोटा।
टाट पहनकर जब मैं आऊँ,
स्वामी टाटानंद कहाऊँ,
टाटा-बिरला भय से काँपें,
पूंजीवाद समाप्त कराऊँ।
टाट-मंच पर जब मैं बोलूँ,
नेता-श्रोता खाएँ चक्कर,
गांधीवाद-समाजवाद से,
टाटवाद की होगी टक्कर।
घर में कोई आ जाए तो, टाट
उढाओ, टाट बिछाओ।
—स्वतंत्रता का लाभ उठाओ।

मैं घोड़ा, तुम घोड़ी

प्रेयसि! मैं घोड़ा, तुम घोड़ी।
धन्यवाद उस परमपिता को, खूब मिलाई जोड़ी।
प्रेयसि! मैं घोड़ा, तुम घोड़ी।

माघ मास की ठंड भयंकर, उस पर फटी रजाई,
ऊपर से एकाकी जीवन, नीचे बिछी चटाई।
चूहे खटिया काट गए, अदमाइन तक नहिं छोड़ी।
प्रेयसि! मैं घोड़ा, तुम घोड़ी।

मैं कालिज का छात्र फिसड्डी, प्रगतिशील तुम छात्रा,
सन्निपात के रोगी को तुम 'चंद्रोदय' की मात्रा।
यद्यपि अंकगणित में मुझको मिला हमेशा 'ज़ीरो',
लेकिन प्रेम-गणित में 'काका', बना हुआ हूँ हीरो।
तीन साल तक फेल हुआ, पर नहीं पढ़ाई छोड़ी,
प्रेयसि! मैं घोड़ा, तुम घोड़ी।

मेरे मंदिर की पाषाणी! एक बार मुसकाओ,
सुप्त भावना पर सैंडिल की, टप-टप टाप लगाओ।
जब तुम ताँगे में आई थीं, करके बी०ए०, बी०टी०,
साइकिल पर मैं बजा रहा था, पीछे-पीछे सीटी।
झाड़ दुलत्ती तुमने देवी! टाँग हमारी तोड़ी,
प्रेयसि! मैं घोड़ा, तुम घोड़ी।

ओ मेरी आशा की फाइल! 'धुक-धुक' की बीमारी,
डकराता अवरुद्ध कंठ से, तेरा प्रेम-पुजारी।

अश्रु-बिंदु भर लिए पैन में, लिखी तुम्हें यह पाती,
विरह-वेदना चाट रही है, फटी जा रही छाती।
पत्रोत्तर यदि नहीं मिला, तो अनशन कर मर जाऊँ,
अथवा साइंस-रूम खोल, सलफर-एसिड खा जाऊँ।
होस्टल के पोस्टल बम्बे में, प्रेम-पत्रिका छोड़ी,
प्रेयसि! मैं घोड़ा, तुम घोड़ी।

कुछ मेरी भी तो मान, सखे!

दुनिया दो दिन का मेला है,
तू छान सके तो छान सखे!
कुछ मेरी भी तो मान, सखे!

जब किसी मित्र के दावत हो,
तो नंगे पैरों जाना तू,
छह दिन तक अन्न बचे घर का,
इतना भोजन कर आना तू।
अच्छे-से जूते दावत में,
ले पहले से पहचान, सखे!
कुछ मेरी भी तो मान, सखे!

इस दुनिया में आकर जो नर,
कुछ काम-काज नहिं करते हैं,
ईश्वर उनसे रहता प्रसन्न,
जो माल मुफ़्त का चरते हैं।

खाओ-पीओ आनंद करो,
भारत माँ की संतान, सखे!
कुछ मेरी भी तो मान, सखे!

मंदिर में कथा-कीर्तन हो,
तो लंबे तिलक लगाकर जा,
पंडितजी को पालागन कर,
परसाद मुफ़्त में खाकर आ।
जब समय चढ़ाने का आए,
तो होजा अंतर्धान, सखे!
कुछ मेरी भी तो मान, सखे!

जब पाकिट खाली हो जाए,
बाईजी के घर जाने में,
फिर देर अधिक लग जाए यदि,
घर से मनिआर्डर आने में।
तो किसी बक्स के ताले को,
चटकाने में क्या हानि, सखे?
कुछ मेरी भी तो मान, सखे!

तबला तन-ताप मिटा देगा,
सारंगी सार बता देगी,
मीठी झनकार घूँघरु की,
घनचक्कर तुझे बना देगी।
निंदा से मत घबराना रे! बन
पत्थर की चट्टान, सखे,
कुछ मेरी भी तो मान, सर

डांस देखकर 'हेमा' का,
निज जीवन सफल बना, बंदे!
'माला' की माला फेरे नित
तो कट जाएँ भव के फंदे।
'धर्मशास्त्र' से ऊँचा है यह,
'कोकशास्त्र' का ज्ञान, सखे,
कुछ मेरी भी तो मान, सखे!

इन फ़िल्मी देव-देवियों की,
पूजा से पीछे मत हटना,
तू 'राम-कृष्ण' को छोड़,
नाम हीरो-हीरोइन के रटना।
सात पुश्त तर जाएँगी,
यह 'काका' का वरदान, सखे!
कुछ मेरी भी तो मान, सखे!

'काका' के पद

(इन पदों को गाकर बिना टिकट बैकुंठ-धाम की यात्रा कीजिए।)

प्रभु, मैं सब नेतन कौ नाई!
हाथ फेरि देखौ मनमोहन, कैसी शेव बनाई। प्रभु मैं ...

गंगा-जल सौं धोय उस्तरा, धार तेज करवाइ।
कैंची-कंघा कछू न जानूं, घोटम-घोट मचाई। प्रभु मैं ...

छह महीना तक गांधीजी ने, मोही सौं बनवाई।
यहि कारन बूढ़े बाबा के चमक अनोखी आई। प्रभु मैं ...

एक बार नेहरू चाचा ने, लीनों मोहि बुलाई।
तबसौं उनके मुख-मंडल पर मूँछ न एकहु आई। प्रभु मैं ...

जा दिन चरणसिंह ने 'काका', पग-चप्पी करवाई।
लालकिले पर चढ़ वाही दिन, झंडा दियौ लगाई। प्रभु मैं ...

नाथ जू, अबके मोहि उबारौ!
साठ बरस की भई उमरिया, भयौ न ब्याह हमारौ,
चिंता लागी रहै रैन-दिन, मर जाऊँगी क्वारौ।
नाथ जू, अबके मोहि उबारौ।

खाय तेरहीं हँसे पड़ौसी, कोउ न रोवनहारौ,
गोंद लगाकर जोड़ देउ प्रभु, फूटौ भाग हमारौ।
नाथ जू, अबके मोहि उबारौ।

झांझन की झनकार होत जब, उर बिच बहत पनारौ,
बेगि करौ प्रभु अंतरयामी, 'काका' कौ निस्तारौ।
नाथ जू, अबके मोहि उबारौ।

मो सम कौन कुसल व्यापारी?
कूद-कूद कर करूँ कीर्तन, 'ब्लैक-ब्लैक बनवारी',
भरि-भरि थैली रिश्वत दीन्ही, कोतवाल सौं यारी।
मो सम कौन कुसल व्यापारी।

बीस-बीस में बेची 'काका', तीन-तीन की सारी,
सोने में पीरी-करि दीन्ही, सेठानी घर-वारी।
मो सम कौन कुसल व्यापारी।

मुख में राम, बगल में चाकू, रख मूरख संसारी,
ऐसौ कुल-सपूत जो जन्मैं, धन्य पिता महतारी।
मो सम कौन कुसल व्यापारी।

नवीन प्रकाश चाहिए!

स्वतंत्रता की मधु बेला में,
अपना आपा भूल गए हैं,
गेहूँ-चीनी खाते-खाते,
पेट हमारे फूल गए हैं।
हम तुमको उपदेश दे रहे,
जीवन में परिवर्तन लाओ,
इसीलिए कुछ दिन तक मित्रो!
केवल सूखी घास चबाओ।
तुम चाहे जैसे दिन काटो,
हमको तो उल्लास चाहिए,
—हमें नवीन प्रकाश चाहिए।

हिंदू-कोड हिंद में आया,
अच्छे घर से नाता जोड़ो,
ससुर-संपदा कुर्क कराकर,
फूटी कौड़ी पास न छोड़ो।
मरने को तैयार धरी हो,
ऐसी बूढ़ी सास चाहिए,
—हमें नवीन प्रकाश चाहिए।

अगर विरोधी चिल्लाते हैं,
चिल्लाने दो, क्या होता है?
इस पर भी तो ध्यान दीजिए,
हमने जो लीपा-पोता है।

भाई से अब बहिन लड़ेगी,
चाचा से लड़ जाए अम्मा,
बाजे ऐसी दुम्मक-दुम्मा,
टूट जाएँ घर के सब खम्मा।
मुफ़्त तमाशा हम देखेंगे,
टिकट नहीं, फ्री पास चाहिए।
—हमें नवीन प्रकाश चाहिए।

कितनी बुद्धि भरी मस्तक में,
इसका जोड़ लगाया हमने,
हिंदू भइयो के पीछे, यह
हिंदू 'कोढ़' लगाया हमने।
कैसा है कानून, इसे मत
लाला की लाली से पूछो,
पढ़ी-लिखी जो अँग्रेजिन हो,
न्यू-लाइट वाली से पूछो।
पति परमेश्वर बहुत बन लिए,
अब पत्नी को दास चाहिए।
—हमें नवीन प्रकाश चाहिए।

सौदा लाने में बजार से,
कभी लेट तुम हो जाओगे,
चूल्हे पर तलाक का नोटिस,
लिखा हुआ रक्खा पाओगे।
चौराहे पर जाकर देवी,
दही-बड़े की चाट खाएगी,
दख़ल जरा भी दोगे 'काका',

तो वह तुमको काट खाएगी।
क्लब में जाकर डांस करेगी,
उसे हास-परिहास चाहिए।
—हमें नवीन प्रकाश चाहिए।

डंडा-प्रार्थना

विजयी नंग-धड़ंगा प्यारा,
डंडा ऊँचा रहे हमारा।

सदा रक्त बरसाने वाला,
घावों को सरसाने वाला,
अस्पताल पहुँचाने वाला,
मारधाड़ का यही सहारा।
डंडा ऊँचा रहे हमारा!

लूट-मार के भीषण रण में,
खटा-खट्ट बाजे क्षण-क्षण में,
काँपे शत्रु देखकर मन में,
शरणार्थी बन जाय बिचारा।
डंडा ऊँचा रहे हमारा!

इस डंडे के नीचे 'काका',
स्वतंत्रता से डालो डाका,
अगर कहीं हो जाय धड़ाका,
कर जाओ चुपचाप किनारा।
डंडा ऊँचा रहे हमारा!

आओ दादा-बाबा आओ,
इस डंडे पर बलि-बलि जाओ,
एक साथ मिलकर डकराओ,
मार-कुटाई ध्येय हमारा।
डंडा ऊँचा रहे हमारा!

बोलो लठिया माता की जै,
घोट चकाचक विजया पीजै,
बीस वर्ष मरघट में जीवे,
बनजा बेटा! मारा-धारा।
डंडा ऊँचा रहे हमारा!

हथियारों में सबसे सस्ता,
क्षण में करे खोपड़ी खस्ता,
मरियल हो अथवा हलमस्ता,
सब पर करे समान प्रहारा।
डंडा ऊँचा रहे हमारा।

इसकी अकड़ न जाने पाए,
चाहे पुलिस पकड़ ले जाए,
बीच खोपड़ी पर पड़ जाए,
तब होवे प्रण पूर्ण हमारा।
डंडा ऊँचा रहे हमारा!

कलियुगी वंदना

हे प्रभों आनंदमय! मुझको यही उपहार दो,
सिर्फ मैं जीवित रहूँ, तुम और सबको मार दो।

भक्त हूँ मैं आपका, अर्जी प्रभो! ले लीजिए,
और जितनी अर्जियाँ हैं, फाड़कर दे दीजिए।
श्रीमतीजी आपका चरणामृत लेती रहें,
चाय औ' सिगरेट पीने को मुझे देती रहें।

पुष्प, चंदन और तुलसी, आप सब ले लीजिए,
सौ-सौ रुपे के नोट जितने हों, मुझे दे दीजिए।
और कोई माँगने आए, उसे फटकार दो,
हे प्रभो आनंदमय! मुझको यही उपहार दो।

आपके भंडार में धन-द्रव्य की सीमा नहीं,
किंतु 'काका' के लिए भेजा कभी बीमा नहीं।
देखना इच्छा हमारी कर न देना कैंसिल,
आप पार्कर पैन हैं, मैं दो टके की पैंसिल।

और मेरा कौन है, सब कुछ हमारे अाप हैं,
आप मेरे बाप के भी बाप के भी बाप हैं।
आपका चाकर रहूँगा, आपका ही दास हूँ,
और लोगों के लिए श्रीमान! सत्यानास हूँ।

मुझको अगले जन्म में, बेटा बनाना लाट का,
या प्रभो! खटमल बनूँ मैं सेठजी की खाट का।

दो मुझे आशीष, पूरे सौ बरस जीता रहूँ,
भक्त बनकर रक्त जनता का सदा पीता रहूँ।
धर्म की मैं क्या करूँगा, पाप की पतवार दो,
हे प्रभो आनंदमय! मुझको यही उपहार दो।

ब्लैक रिश्वत की कृपा से जेब को भरता रहूँ,
नोट देकर वोट लेकर चोट भी करता रहूँ।
बक्स मेरा जिस समय भर जाय, उसको छोड़ दो,
और जितने बक्स हैं, तुम सील सबकी तोड़ दो।

एक झंडा, चार गुंडा, आठ मोटर-कार दो,
हे प्रभो आनंदमय! मुझको यही उपहार दो।

भक्तवर प्रह्लाद को विश्वास था उस खंब का,
किंतु मैं तो भक्त हूँ भगवान! एटम-बंब का।
न्याय या अन्याय की परवा कभी करता नहीं,
पंच या सरपंच से बंदा कभी डरता नहीं।

तुम सुदर्शन-चक्र पर अणुशक्ति की पालिश करो,
और मेरी खोपड़ी पर स्वार्थ की मालिश करो।
मित्र सब ऐसे मिलें, जो बुद्धिमानी छोड़ दें,
आँख जो मुझसे मिलाए, वे उसी की फोड़ दें।

राष्ट्रों का संघ जो-कुछ मैं कहूँ, करता रहे,
मुझको हौआ जानकर, संसार बस डरता रहे।
मृत्यु को भी मार डालूँ, यह विशेष अधिकार दो,
हे प्रभो आनंदमय! मुझको यही उपहार दो।

क्या चमका मेरा भाग, सखे!

मैं एर्थक्लास में हुआ फेल,
वे मिलीं पास मैट्रिक मुझको,
बस इसी बात पर बार-बार कर
देती हैं 'अनफिट' मुझको,
वे मीठी-मीठी दिलखुशाल,
मैं बना नीम का साग, सखे,
क्या चमका मेरा भाग, सखे!

वे दिल्ली की रहने वालीं,
मैं ठहरा देहाती धुर्रा,
उनके कमरे में जाता हूँ,
देखें मुझको घुर्रा-घुर्रा।
वे गोरी-गोरी बगुला-सी,
मैं काला-काला काग, सखे!
क्या चमका मेरा भाग, सखे!

उनकी मनहर वीणा बजती,
मैं फटा मृदंग बजाता हूँ,
बेसुरा गीत वे गाती हैं,
तो 'वाह-वाह' चिल्लाता हूँ।
ऊपर से हँसता रहता हूँ,
अंदर से जलती है आग, सखे,
क्या चमका मेरा भाग, सखे!

मिस्टर टेसू के साथ रोज़,
वे क्वीन-पार्क में जाती हैं,
फिर बैठ बेंच पर मस्ती से,
फ़िल्मी गाने लुढ़काती हैं।
शादी तो मेरे साथ हुई,
उस साले से क्या लाग, सखे?
क्या चमका मेरा भाग, सखे!

यदि उनके दिल के दफ़्तर में
मिल जाय भाग्य से एक सीट,
वे मेरी हैं मैं उनका हूँ ... यह
कहूँ ढोल को पीट-पीट।
वे पाकिस्तानी बिल्ली हैं,
मैं भारतीय बुलडाग, सखे!
क्या चमका मेरा भाग, सखे!

साबुन से साड़ी धोता हूँ! यदि
मैली कुछ रह जाती है,
'तुमसे तो धोबी अच्छा है'....
यह कहकर डाँट लगाती है।
धुक-धुक चलता दिल का पंखा,
मुँह से दे जाता झाग, सखे!
क्या चमका मेरा भाग, सखे!

अंतिम उपाय यह सोचा है,
मैं अस्पताल में जाऊँगा,
डाक्टर साहब से, कैपसूल

या गोली ऐसी लाऊँगा।
हिंसा मुझको करनी न पड़े,
वह घर से जाएँ भाग, सखे!
क्या चमका मेरा भाग, सखे!

भगवान मुझे ऐसा वर दे!

दुनिया-भर की दौलत कोई
लाकर मेरे आगे धरदे,
लंबा हूँ कुछ छोटा कर दे,
दुबला हूँ कुछ मोटा कर दे।
'फाइन' का परमिट कैंसिल कर
तू 'बोगस' का कोटा कर दे,
भगवान, मुझे ऐसा वर दे!

बिजली हो जिसमें लगी हुई,
पाइप से पानी आता हो,
कुछ टेढ़ी आँख दिखाने से,
मालिक मकान डर जाता हो।
भाड़ा कुछ भी देना न पड़े,
रहने को तू ऐसा घर दे,
भगवान, मुझे ऐसा वर दे!

फिर बिना किराये का हमको,
मिल जाय कहीं से फरनीचर,
मेरे लल्ला के ट्यूशन को,
लग जाए अच्छा-सा टीचर।
जो इम्तिहान के टाइम पर,
परचे सारे आउट कर दे,
भगवान, मुझे ऐसा वर दे।

टोपी के नीचे चिपकावै,
पन्ना किताब के फाड़-फाड़,
फिर बिना चलाए ही उसकी,
वह कलम चलेगी धाड़-धाड़।
जो फर्स्ट डिवीजन मिल जाए,
तो वह साहब बन जाएगा,
रिश्वत की रेल चलाकर फिर,
नोटों पर नोट बनाएगा।
तू किसी तरह इस उल्लू के
लल्लू को आफीसर कर दे!
भगवान, मुझे ऐसा वर दे!

इक मित्र मिले, बोले, 'काका'!
तुम नित्य कीर्तन किया करो,
कामेश्वरजी के मंदिर में,
दो घंटे ड्यूटी दिया करो।
मैं हाथ जोड़ बोला उनसे,
कीर्तन में कभी न जाऊँगा,

यदि जाऊँगा तो निश्चय ही
मैं बिना मौत मर जाऊँगा।

प्रार्थना-सभा में ही 'बापू'
पर हत्यारे ने वार किया,
'उड़िया बाबा' को कीर्तन में
ही, किसी दुष्ट ने मार दिया।
ऐसी बातें सुनते-सुनते,
अपना तो जी घबराता है,
ढप झाँझ-मजीरा सुनते ही,
हमको बुखार चढ़ आता है।

इससे तो अच्छा है कुछ दिन,
गंगाजी पर ही वास करें,
गंगाजल अग्निवर्धक है,
भोजन का सत्यानास करें।
हाजमा-शक्ति बढ़ जाएगी,
खुल जाएँगे सातों परदे!
भगवान, मुझे ऐसा वर दे!

विनय-पत्रिका

कविता लिखते-लिखते 'काका',
जब कलम हमारी अटक गई,
बातों-ही-बातों में उस दिन,
लल्लू की माँ से खटक गई।
चाचाजी को लिखदी चिट्ठी,
अपनी बिटिया ले जाओ जी,
चाहे इसके बदले हमको,
टूटी खटिया दे जाओ जी।

क्या मेरे ही उल्टे ग्रह थे,
जो आई घर में धनवंती?
अपनी तो हाँके जाती है,
पर मेरी एक नहीं सुनती।
जिस दिन से भारत में 'काका',
सरकार बन गई नारी की,
उस दिन से ही गर्जन-तर्जन
कुछ और बढ़ी घरवारी की।

मतभेद कभी हो जाता है,
तो भोजन नहीं बनाती है,
मैं कहता हूँ—लाओ खाना,
वह फ़िल्मी गाने गाती है।

साहब हमसे बोला–बाबू!
तुम रोज़ देर से आते हो,
फिर छह का घंटा बजने से
पहले ही क्यों उठ जाते हो?

मैं घिघियाकर बोला–हुजूर!
भोजन मैं स्वयं बनाता हूँ,
चौका-बर्तन करना पड़ता,
इसलिए देर से आता हूँ।
इस धकापेल में चाचाजी!
सर्विस भी अपनी छूट गई,
धनवंती की धींगा-धींगी से
धन की धारा रूठ गई।

मित्रों के आगे जब मुझको,
वह उल्टा नाच नचाती है,
संदेह यही सब करते हैं,
यह पत्नी है या चाची है?
कितना उत्साह भरा उस दिन,
जब शादी करके लाया था,
साक्षात् लक्ष्मी आई है,
अम्मा ने शोर मचाया था।

लेकिन उसको क्या मालुम था,
यह लक्ष्मी या रणचंडी है,
अंदर अंगारे धधक रहे,
ऊपर से ठंडी-ठंडी है।

इसलिए देखते ही चिट्ठी,
तुम जल्द लिवाने आ जाना,
जिसने भाँवर डलवाई थीं,
उस पंडित को भी ले आना।

उल्टे चकफेरा फिरकर मैं,
भाँवर उधेड़कर धर दूँगा,
इस तरह आपकी बल्ली को,
फिर क्वारी लल्ली कर दूँगा।
मेरी यह चिट्ठी पाते ही,
आ धमके फौरन चाचाजी,
काकी को लेकर चले गए,
अब टाप रहे हैं काकाजी।
फिर पत्र लिखा हमने उनको,
जब वर्षा आधी बीत गई,
आजा मेरे मन की मैना,
मैं हार गया, तू जीत गई।

इक पंजाबी, पंजाबिन को लेकर
घर में घुस आया है,
चूल्हा-चौका सब फोड़ दिया,
ऊँचा तंदूर बनाया है।
तेरे शाकाहारी गृह में,
लहसुन का लगता छोंक प्रिये!
तुम फर्स्ट ट्रेन से आ जाओ,
सब काम भाड़ में झोंक, प्रिये!

यह दृश्य नहीं देखा जाता,
चलती दिल पर तलवार, प्रिये!
साड़ी वाली उस खूँटी पर,
अब लटक रही सलवार, प्रिये!
मेरी यह पाती पढ़ते ही,
आजा ओ मेरी गवरमेंट!
अन्यथा किसी दिन मेरा भी
हो जाएगा ऐलौटमेंट।

वह शिमलावाला समझौता,
हमको यह पाठ पढ़ाता है,
वह मजा कहाँ है लड़ने में
जो स्वाद प्यार में आता है।
मैं कांग्रेसी इस पार, प्रिये!
तुम सोशलिस्ट उस पार, प्रिये!

आ जाओ तो बन जाय यहाँ, इक
मिली-जुली सरकार, प्रिये!
फिर भी कुछ उत्तर मिला नहीं,
आशा के सपने बीत गए,
सब कहते हैं—बोलो 'काका',
उनसे लड़कर क्या जीत गए?

टर्र दोहावली

संपादकजी का मिला, आज हमें लैटर्र,
'काका' जल्दी भेजिए छपने को मैटर्र।

ए-बी-सी-डी पढ़ गए, आए अपने घर्र,
पानी को कहने लगे, बाबूजी वाटर्र।

डरता रहता है सदा, उस नारी से नर्र,
बात-बात पर ऐंठकर, हो जाती जो टर्र।

भूल गए लाए नहीं, 'काकी' का स्वेटर्र,
इसीलिए भयभीत हो, काँप करे थर-थर्र।

मिनिस्टर्र की जिस समय आती है मोटर्र,
कलक्टर्र के साथ में, भागे इंस्पेक्टर्र।

लड़कों को लगता नहीं मास्टर्र से डर्र,
क्या मानी रखती भला, मानीटर की टर्र।

बाबूजी के सिर चढ़ी, टमाटर्र की टर्र,
बबुआइन मँगवा रहीं, आलू और मटर्र।

कैस्टर-आइल दे रहे हैं हमको डाक्टर्र,
वैद्यराज चिल्ला रहे, खाओ छोटी हर्र।

चाय बनाने के लिए गर्म किया हीटर्र,
दौड़ लगाने लग गया बिजली का मीटर्र।

कनस्टर्र में घी भरा, खायँ नहिं मिस्टर्र,
उनको डेरी का सदा चहिए फ्रैश बटर्र।

लाखों रुपया खा गए, ट्राम्वे-कंडैक्टर्र,
पता लगाने के लिए, भागे आडीटर्र।

आई गोरी नर्स जब, ले थर्मामीटर्र,
दो डिगरी आगे बढ़ा, दिल का टेम्प्रेचर्र।

फिल्म-कंपनी में सभी, पहुँच गए ऐक्टर्र,
ड्रापसीन तक बिक गए, फेल हुए थ्येटर्र।

जूरी ने कैंसिल किया, फाँसी का आर्डर्र,
पैंट पकड़कर कोर्ट में, नाचें बैरिस्टर्र।

अकस्मात् ही आ गईं, थाने में कुछ बर्र,
कोतवाल कूदे फिरें, कर में ले हंटर्र।

मैनेजर से कह रहे, यों कंपोजीटर्र,
अब कैसे कंपोज हो, निबट गईं सब 'टर्र'।

—बोल टर्रकानंद की जय!

मसहरी चबा गए!

फंदे में स्याह जुल्फ़ के हमको फँसा गए,
ऊपर से अलीगढ़ का ताला लगा गए।

हम ऐंठके जा बैठे मुहब्बत की सीट पर,
वे आए, हमें कान पकड़कर उठा गए।

लज्जत दिखा रहा है अजब उनका बुढ़ापा,
अंगूर के मजे सभी किशमिश में आ गए।

जालिम के दुपट्टे का रहा ख़्याल इस कदर,
हम बेखुदी में रात, मसहरी चबा गए।

खाने की कुछ न पूछिए, खाते हैं साथ-साथ,
वे नोट खा गईं, मियाँ! हम चोट खा गए।

आँखें लड़ा रहे थे, खड़े प्लेटफार्म पर,
मारा जो एक चाँटा, पसीने में न्हा गए।

हमने कहा हो जाय कोई चटपटी-सी चीज़,
वे लालमिर्च घोलकर हमको पिला गए।

रहना मुशायरे में होशियार, ऐ 'काका'!
सुनते हैं मंच पर वे सुरंगें बिछा गए।

आहों की इधर आँधी, उधर हुस्न की हवा,
पर्द-ए-हरीमे-नाज के जुम्बिश में आ गए।

यह बला बरसात की?

साकिया! ऐसी पिला, कोई दवा बरसात की,
गर्म मालुम हो हमें, ठंडी हवा बरसात की।

वे गई हैं मायके, 'काका' अकेले रह गए,
चाट जाएगी हमें, काली घटा बरसात की।

देवियाँ झूले पै सटकैं, देवता वर्तन मलें,
भाड़ में जाए, मियाँ! ऐसी फिजा बरसात की।

भूख आधी रह गई है, सील दिल पर चढ़ गई,
या इलाही! क्या ज़रूरत थी भला बरसात की।

दिन में मक्खी भिनभिनातीं, रात मच्छर काटते,
कौन जाने, कब टलेगी, यह बला बरसात की?

भीगकर पानी व कीचड़ में, लपालप कर रहे,
मिल रही है खूब जूतों की सजा, बरसात की।

स्वराज्य कीर्तन

रघुपति राघव राजा राम
काम-काज सब छिन गए, बंद है रहे मील
रोजी-रोटी ले गए, अवसरवादी भील
बाबूजी भागे फिरें, सुने न कोई टेर
पढ़े-लिखे भूखों मरैं, नाथ मच्यौ अंधेर
चारों ओर भए बदनाम, मांगत फिरैं न पावत काम
रघुपति-राघव-राजाराम, दीन-सतावन सीताराम

स्वतंत्रता की कोठरी, स्वारथ जड़ी किबार
बगुला लंदन उड़ि गए, कागा चौकीदार
रामराज्य की हाट में, भूख-गरीबी-फूट
बिना मोल तीनों बिकैं, लूट सकै तो लूट
गोरा कर गए अपनो काम, 'करियन' कूं दै गए लगाम
रघुपति राघव राजाराम, टैक्स-बढ़ावन सीताराम

राजनीति मंथन करी, निकस्यौ यही निचोड़
जनसेवा कूँ छोड़िकै, धन सौ नातौ जोड़
तीन गुनन को सीखि कैं, छल-फरेब अरु फंद
रामराज में बन गए, लाखों लखमीचंद
दुख-दरिद्र मिट जाएँ तमाम, मिल जाएँगे चारों धाम
रघुपति राघव राजाराम, माल बटोरौ सीताराम

भलौ समझि हमने दए, तुमकू अपने वोट
तुम लालच के बाबरे, उल्टी मारी चोट

पद, पैसा अरु प्रतिष्ठा, पाय भए मदहोश
तीन अंश मिलि के भयौ, नेता को तिरदोष
उगे बबूल, लगाए आम, मेढक कूं है गयो जुकाम
रघुपति राघव राजाराम, मौज उड़ाओ सीताराम

रामराज्य के घाट पै, भई ढोंगिन की भीर
बहनोई चंदन घिसैं, साले करैं लकीर
डाकू-ज्वारी-चोर-ठग, हत्यारे-जल्लाद
रामराज में है गए, ये सारे आज़ाद
बागी घोड़ा बिना लगाम, विचरत डोलै आठो याम
रघुपति राघव राजा राम, चुप्पी साधौ सीताराम

'काका' या संसार में, पाँच रतन है सार
जूआ, चोरी, ब्लैक अरु गिरहकटी, बटमार
महिनादारी बाँधकर, कोतवाल सों मेल
चौराहे के बीच में, निधड़क सट्टो खेल
जासौं बढ़िया कछू न काम, पुलिसमैन हू करै सलाम
रघुपति राघव राजाराम, तिलक लगाओ सीताराम

रिश्वत-रूपी पेड़ कूँ, ज़ोर-ज़ोर झकझोर
आँधी के ये आम हैं, दोनों हाथ बटोर
घी बताइ कर बेच नर, मूँगफरी कौ तेल
फिर सरसों के संग में, सत्यानाशी पेल
इंसपट्टर कूँ दै-दै दाम, वाके मुँह तैं लग्यौ हराम
रघुपति राघव राजाराम, माल पचाओ सीताराम

कालि मरै सौ आज मर, आज मरै सौ अब्ब
मृत्यु-कर तो लगि गयौ, फेरि मरैगो कब्ब
'काका' गणित लगाइकै, लीनौ हमनै देख
सात पुश्त के बाद में, बचै न कौड़ी एक
माँगो भीख सवेरे-शाम, बोलो जै जै राधेश्याम
रघुपति राघव राजाराम, बलिहारी जै सीताराम

सारे जहाँ से अच्छा है इंडिया हमारा

सारे जहाँ से अच्छा है इंडिया हमारा
हम भेड़-बकरी इसके, यह ग्वारिया हमारा
सत्ता की खुमारी में, आज़ादी सो रही है
हड़ताल क्यों है, इसकी पड़ताल हो रही है
लेकर के क़र्ज़ खाओ, यह फर्ज़ है तुम्हारा–
सारे जहाँ से अच्छा ....

चोरों व घूसख़ोरों पर नोट बरसते हैं
ईमान के मुसाफ़िर, राशन को तरसते हैं
वोटर से वोट लेकर, वे कर गए किनारा–
सारे जहाँ से अच्छा ....

जब अंतरात्मा का मिलता है हुक्म काका
तब राष्ट्रीय पूँजी पर डालते हैं डाका
इनकम बहुत ही कम है, होता नहीं गुज़ारा–
सारे जहाँ से अच्छा ....

हिंदी के भक्त हैं हम, जनता को यह जताते
लेकिन सुपुत्र अपना कान्वेंट में पढ़ाते
बन जाएगा कलक्टर, देगा हमें सहारा–
सारे जहाँ से अच्छा ....

फ़िल्मों पे फ़िदा लड़के, फ़ैशन पे फ़िदा लड़की
मज़बूर मम्मी-पापा, पॉकिट में भरी कड़की
'बॉबी' को देखा जबसे बाबू हुए अवारा–
सारे जहाँ से अच्छा ....

जेवर उड़ा के बेटा, बंबई को भागता है
ज़ीरो है किंतु खुद को हीरो से नापता है
स्टूडियों में घुसने पर गोरखा ने मारा–
सारे जहाँ से अच्छा ....

चुप रहिए

रिश्वतें खा रहे हैं, चुप रहिए
फूलते जा रहे हैं, चुप रहिए

शक्ल देखी न कभी दफ़्तर की
वो तनख़ा पा रहे हैं, चुप रहिए

जिनको पानी भी नहीं था पैदा
दूध से न्हा रहे हैं, चुप रहिए

ओढ़ रक्खी, जिन्होंने बेशर्मी
आज शरमा रहे हैं, चुप रहिए

फख्र ईमान पर जो करते थे
आज पछता रहे हैं, चुप रहिए

जिनपे इलजाम हज़ारों, उनकी
आरती गा रहे हैं, चुप रहिए

जो कल तक थे हमारी रक्षा को
वो जुल्म ढा रहे हैं, चुप रहिए

जिनपै लिक्खी है यह ग़ज़ल 'काका'
वो इधर आ रहे हैं, चुप रहिए

घूस खाइए

मक्खन नहीं रहा तो डालडा लगाइए
वह भी न हो तो आगे-पीछे दुम हिलाइए

'ख़तरे में लोकतंत्र है', हल्ला मचाइए
भेड़ों का क़ाफ़िला है, किधर भी चलाइए

महँगाई है तो क्या हुआ, होने भी दो मियाँ
वे खाएँ घास-फूस, आप घूस खाइए

चमचों की दाल, देर से गलती है आजकल
चमकीली कोई 'चमची' साथ ले के जाइए

बाबूजी! अगर काबू में रखना है बॉस को
बीबी को उनके साथ सिनेमा दिखाइए

काग़ज़ पै बना दो सड़क, पेमेंट दिखा दो
लेकर खुदा का नाम, रकम खुद पचाइए

गर नाम और नामा कमाना है साथ-साथ
मज़हब की आड़ में नई पार्टी बनाइए

'इंका' का राज 'काका' मत चीं-चपड़ करो
कुर्सी बचानी है तो हाँ में हाँ मिलाइए

www.ingramcontent.com/pod-product-compliance
Lightning Source LLC
LaVergne TN
LVHW060458051026
849518LV00002B/806
* 9 7 8 8 1 2 8 8 0 6 9 3 3 *